CUENTOS DE LAS SOMBRAS

Danilo Rayo

Imagen de portada: “El duende agazapado en el rincón”. Propiedad de Danilo Rayo.

Para Luisa, Danilo Isauro y Christian Marcelo, los dueños
de todos mis momentos

CONTENIDOS

¿QUÉ SON LOS CUENTOS DE LAS SOMBRAS? 2

AMANECE EN PARÍS 3

EL DUENDE AGAZAPADO EN EL RINCÓN 6

LA OTRA TIERRA 22

EL PROFESOR 28

EL FARO 40

¡NO DIGAS NADA! 41

AL OTRO LADO 44

BAILE DE GRADUACIÓN 46

EN CADA PASO QUE DES 47

LA SOMBRA 49

OVERTOUN 52

EL ADVERSARIO 59

SUGAR DADDY 60

HOTEL CALIFORNIA 62

DUENDES EN LA VENTANA 79

NOCHE DE GLORIA 81

AQUELLA NOCHE EN SALEM 83

EL ÚLTIMO DESEO 85

RUIDOS 87

UNO MÁS 88

LA MALDICIÓN 89

NATURELE 96

AMIGO 100

SOBRE EL AUTOR 101

Y de la Isla de los Ángeles, un día, vendrá uno que te hará vibrar para siempre bajo el resplandeciente brillo de sus alas...

Gracias a todos los lectores de Facebook. Este libro también es de ellos.

Danilo Rayo

¿QUÉ SON LOS CUENTOS DE LAS SOMBRAS?

Cuentos de las sombras es una colección de cuentos y relatos cortos de terror fantástico y psicológico. Estos escritos son, a la vez, una invitación a ver con nuevos ojos los rincones ordinarios de nuestra mente, esos espacios sin luz donde habitan cosas innombrables.

Acércate, pues aquí necesitarás compañía. Acércate, porque no hay lugar seguro cuando nos inunda el miedo. Toma mi mano y déjame llevarte a dar un paseo por lugares insólitos e inesperados.

Baila y juega con seres tenebrosos, huye de bestias horribles, habla con un terrible duende, sí, ese que está detrás de ti en este momento. Viaja por el tiempo, libera los demonios de tu mente, piérdete en un espejo, contempla tu alma saliéndose de tu cuerpo, enamórate de los muertos y vive en pueblos que no existen.

Todo esto es para ti, porque aquí, en las sombras, también moran tus deseos. Abre la puerta de tus infiernos y no te preocupes por el ruido que acabas de escuchar. No prestes atención a la silueta que se formó en la ventana ni al gato que acaba de pronunciar tu nombre.

¿Estás listo? Comencemos.

AMANECE EN PARÍS

A manece en París. El inspector Fouché está sentado en la terraza de la Brasserie Lip, en Saint Germain. Es el único cliente y desayuna después de una larga noche de trabajo. Aún no se ha resuelto el caso que le provoca el desvelo.

Mientras se sirve café, analiza las fotografías de la escena. Las imágenes son impactantes, pues a la víctima le arrancaron los genitales y apareció sobre una banca del Bois de Boulogne. Imperturbable, Fouché sigue bebiendo café al tiempo que extrae y lee el dictamen del forense: «Deceso por hemorragia externa causada por emasculación traumática producida por aparente mordedura de can. Pruebas adicionales requeridas para confirmación de especie».

La víctima, de cuarenta y cinco años y oriundo de Le Marais, era el campeón local del Siam.

Después de unos minutos de análisis, Fouché pone las evidencias dentro del dosier y le unta mantequilla a una tostada. El primer mordisco hace que vuelen las migajas por doquier. Se sirve más café y, al notar que se ha acabado, le hace una señal al garçon para que traiga más. Cuando llega la nueva cafetera, Fouché lo agradece con un gesto familiar y la acomoda en el centro de la mesa.

Son las 6:02 a. m. Un hombre de traje y maletín se acerca y, con señas, pregunta si se puede sentar. Fouché asiente y el hombre se acomoda frente a él.

—Bonjour! ¿Café? —pregunta Fouché.

—Oui, merci! —responde el hombre y Fouché le sirve.

—¿Obtuvo las pruebas? —pregunta Fouché.

—Sí. Aquí están los resultados —responde el hombre.

—¡Bien! —dice Fouché, mientras saca un sobre de su abrigo para entregárselo al hombre—. Está todo ahí. No me ofenda contándolo.

—Gracias, inspector. Aunque creo que con estos resultados necesitaré un poco más de dinero.

—¿Cuánto es un poco más? —pregunta Fouché.

—Unos diez mil —responde el hombre.

—¡Hecho! —dice Fouché—. Deme los resultados y espéreme en el auto. Está abierto.

Fouché ojea el contenido del sobre con los resultados, lo cierra, se dirige al mostrador, paga la cuenta y le da el sobre al garçon antes de besarlo en la mejilla.

—Merci, monsieur! —dice el garçon mientras le guiña un ojo.

Fouché se sube al alto y maneja junto al hombre por las calles de París. Son las 6:31 a. m. y el tráfico no está tan mal.

—Los resultados son muy interesantes, inspector. No fue fácil sacarlos del Instituto de Medicina Legal. Imagino que está sorprendido con ellos, pero creo que, aunque sean extraños, son definitivos para atrapar al asesino —le dice el hombre.

—Pronto le daré el dinero —responde Fouché, ignorando las palabras del otro.

—¡¿Quién lo iba a imaginar?! —dice el hombre—. No era un perro, después de todo. ¡Es un lobo, inspector! ¡Un lobo! Pero lo verdaderamente extraño es que el ADN coincide con el de un tal Denis Homme.

—¿Se siente bien? —le pregunta Fouché al hombre, que ha empezado a toser.

—¡¿Qué pasa?! ¿Por qué me pegunta eso? ¿Dónde está el dinero, inspector? —dice, mientras continúa tosiendo.

—¿Se siente bien? —le vuelve a preguntar Fouché.

En ese momento, el hombre sentado al lado del inspector empieza a convulsionar y de su boca empieza a brotar espuma.

—¡Ahhhg! ¡Ahhhhg! ¡Ahhggg! —dice el hombre mientras agoniza.

—Ese café mañanero es un asesino —dice Fouché mientras ríe.

El auto sigue su camino por la Rue de Vaugirard hacia el bosque de Meudon. Fouché sonríe y enciende un cigarro. Saca el codo izquierdo por la ventana y toma el volante con una sola mano. En la cajuela lleva una pala y un contenedor con sosa cáustica. Extraña a Denis, el garçon, pero sabe que en cinco días lo verá de nuevo en su apartamento, donde le dará ropa y lo cuidará. Es noche de luna llena y, con las pruebas destruidas, eso solo significa una cosa para Denis: ¡libertad!

Danilo Rayo

EL DUENDE AGAZAPADO
EN EL RINCÓN

—¡Váyase de aquí, vieja hijueputa! ¡Déjeme tranquilo ya! ¡No se meta conmigo! —le dije a mamá.

Me miró como miran las madres cuando creen que es la última vez que nos verán. Le cerré la puerta en la cara y la escuché llorar y derramar esas lágrimas que pesan como yunques cuando caen al suelo. La miré por el agujero de la puerta mientras se alejaba sola, bajo la lluvia, como queriendo lavar sus penas y, de paso, las mías. Ahora debo lidiar con mi situación, pues no me siento bien. Me siento pesado, como una lata que tiene encima un tractor.

Hace unos años, cuando vivía en mi casa de Estelí, tuve una experiencia única y terrible. Vivía con mamá y Robertito, mi hermanito menor, en una casa con un gran patio colmado de árboles frutales y unos rosales que regábamos con el agua de un pozo artesanal. Papá se había ido de casa el día que mamá descubrió que tenía una querida. Creo que ahora vive en Rivas y trabaja como operador en una de las esclusas del Canal Interoceánico.

Yo quería ser como él, un macho en todo el sentido de la palabra. Lo que más recuerdo es lo mucho que jugaba conmigo. Me tiraba por el aire y me atrapaba, me hacía cosquillas y me contaba historias de caballeros y dragones. Con él aprendí a jugar trompo y a elevar lechuzas y, cuando fui creciendo, me enseñó a hacer nudos y a identificar las constelaciones. Era mi héroe y ella se encargó de hacerlo desaparecer. Robertito, por su parte, no era santo de mi devoción, pues me había quitado parte del cariño que me daba papá y muchas noches de sueño.

Mamá trabajaba en Marimba Cigars, una de las tantas fábricas de puros que existían en Estelí en esos tiempos. Ahora quedan muy pocas, pues en su ambición los tabacaleros contaminaron los suelos con muchos químicos inorgánicos. Muchos se han ido de Estelí porque el trabajo y el alimento escasean considerablemente. Yo vi gente muerta de hambre en la acera, como en el tiempo de la plaga de langostas que se comió todo el maíz.

Mamá siempre se esforzó mucho por nosotros, pero ese esfuerzo jamás fue reconocido. Trabajaba dos turnos en la fábrica y, en todos los años de desempeño, no había podido ascender en cuanto a posición o salario. Desde siempre fui muy malcriado con ella y no la respetaba. Ahora, pensándolo bien, creo que era mi expresión de rebeldía por la ausencia de papá. Era como un reclamo, porque para mí ella era, en verdad, la culpable de que él, mi único héroe, se hubiera marchado.

Le decía groserías y no la ayudaba cuando llegaba a la casa en la madrugada, cansada de sus múltiples turnos y del acoso sexual de los jefes de sección de la fábrica. Tampoco le ayudaba a cuidar a Robertito, y el pobre pasaba el día sucio y comiendo mocos. Y eso era todo lo que comía, pues, por hacer la maldad, yo botaba en el patio los biberones que mamá le dejaba preparados. Lo detestaba entonces y no soportaba oír sus gritos. ¡Cómo quisiera que estuviera conmigo ahora para que me ayudara! ¡Hombre grande! ¡Cómo quisiera no haber sido tan malo con él!

Sentía un hambre terrible y recurrente después de las diez de la noche. Sacaba tarea de lo que mamá compraba para la semana y no dejaba nada para mi hermanito. Me comía hasta la leche NAN 3 con la que le preparaba los biberones. Ponía un puñado de leche en polvo en el cielo de la boca y lo saboreaba con mi lengua hasta que se deshacía y no podía contener las cosquillas.

Salía de mi cuarto e iba a la cocina todas las noches, abría la refrigeradora y sacaba el queso y el gallo pinto. Me sentaba en la mesita de madera color miel que teníamos y disfrutaba de uno de mis escasos placeres. Comer solo en la cocina era para mí como tocar la gloria, sin que mamá me estuviera molestando y sin que Robertito me aturdiera con sus berridos ¡Ahora te extraño, Robertito! ¡Daría lo que fuera para que me cuidaras!

Una noche, mientras cenaba, sentí un ruido en el techo, como cuando las gatas andan en celo y chillan como si las estuvieran matando. Mamá no llegaba aún del trabajo.

—Debe de ser algún animal —me dije, y seguí comiendo.

Después de unos minutos sentí que tiraban piedras en el techo, como si alguien dejara caer un puñado de tierra sobre el zinc, desatando así una cascada de sonidos. Me dio un poco de miedo, pues los gatos no son tan astutos. Salí al patio y me subí en un árbol de mango para poder ver sobre el techo.

Todo estaba oscuro y en el patio las sombras parecían moverse con vida propia. El tronco del árbol estaba lamoso por la intensa lluvia que nos azotaba, tanto que estuve a punto de resbalarme dos veces mientras trepaba. No había nada en el techo y yo, convencido de que debía de haber sido mi imaginación, volví a la mesa y traté de terminar el gallo pinto ya sin tranquilidad, pues Robertito había empezado a chillar.

Mamá volvió a las dos de la mañana. Yo estaba despierto, viendo el programa de fútbol que me gustaba tanto.

—Hola, ¿ya comiste? —me preguntó.

No le respondí.

—¿Ya comiste, amorcito? —continuó.

—Ya —le dije, sin siquiera un «¿Cómo te fue?» o un «¿Querés que te sirva?».

—¿Y Robertito? —me preguntó después.

—Sabeeer —le respondí.

—¿Comió el niño? —me preguntó, y en su tono percibí una gran frustración.

—Sí, le di el biberón —le contesté, mintiendo—. ¡Déjame tranquilo! ¡Quiero ver el programa!

Sonrió con lástima y se fue caminando despacio, hasta que se paró cerca de la puerta de su cuarto. Después, se apoyó en el batiente, seguramente viendo en su cuna a Robertito, quien, una vez más por culpa mía, se había quedado sin comer.

Al día siguiente me levanté tarde. Como no tenía a quien rendirle cuentas, me quedé dando vueltas en la cama. Robertito lloró, pero no le hice caso. Estaba todo cagado, con el pañal repleto. Mamá le había dado de comer en la madrugada y me había dejado NAN 3 y los biberones con agua sobre la mesa para que se los preparara, pero ¡a mí no me importaba!

En la noche volví a la cocina para repetir mi ritual con el queso y las tortillas. Comí con gusto en mi segunda cena. A unos pocos metros frente a mí, sobre el pantry, yacían los biberones sucios que no había querido lavar.

Eran las doce de la noche. Cuando estaba a punto de terminar el último bocado, sentí un ruido que venía del pantry, cerca de donde estaban los biberones. Me levanté de la mesa para ver si era algún ratón el que andaba haciendo desastres, pero no vi nada. «Esta casa está tan vieja que le suena todo», pensé. Me di vuelta para regresar a la mesa y terminar mi comida cuando, entonces, pasó.

—¡Hombre grande! Ya vine, ¡hombre grande! —dijo alguien detrás de mí.

Me quedé como una estatua, dando un paso que nunca terminé. Con miedo, me atreví a voltear. Lo hice lentamente y entonces lo vi por primera vez.

Estaba ahí, agazapado en el rincón, su estatura la de un niño, la piel llena de pelos y verrugas, una larga barbilla, su sonrisa de oreja a oreja, el pelo canoso cayéndole sobre los hombros, ¡su nariz puntiaguda como un cuchillo! Y sus ojos, ¡Dios! ¡Sus ojos no eran de este mundo!

Su presencia era aterradora. Parecía que no estaba ahí y, sin embargo, era visible, como si se desvaneciera y volviera a aparecer inmediatamente. Me froté los ojos y sentí un cosquilleo en todo el cuerpo.

—Ya vine, ¡hombre grande! —dijo con una voz chillona y, mientras lo hacía, sentí un escalofrío espantoso en mi espalda, como si me estuvieran arrancando cada nervio de la columna.

Quise gritar y pedir ayuda, pero no me salió la voz. Mi boca se movía como la de un pez fuera del agua. Él sonrió y su sonrisa me hizo ver el propósito de su maldad. Luego, adoptó nuevamente un semblante serio y se llevó lentamente el dedo índice a sus labios.

—Shhhh. No grite. Ya vine y no me voy más, ¡hombre grande! Voy a estar con su merced para siempre. Recíbame ahora, ¡hombre grande! —dijo el duende con la fuerza del que pretende cumplir lo que promete.

Cerré los ojos para no verlo más, pues su imagen era insoportable para mí.

—¿No me quiere ver, hombre grande? Ahora no me voy más, su merced —continuó.

Sentí un chorro caliente en mi pantalón y un charco empapó mis pies rápidamente. Aun así, tardé unos segundos en abrir los ojos. Cuando lo hice ya no estaba ahí, pero su figura estaba grabada en mi mente como el recuerdo más terrible que jamás tendría.

Corrí a mi cuarto, encendí la luz y ajusté el crucifijo que tenía frente a mi cama. Cerré la puerta y la ventana que daba al patio antes de meterme entre las cobijas. Subí los pies para que la tsábana me los envolviera y empecé a sudar profusamente. No podía mover ni un dedo, pues pensaba que el duende me descubriría. Entonces recordé algo que había olvidado: ¡Robertito estaba solo en el cuarto de mamá!

Es cierto, quizás no le daba de comer y no soportaba sus chillidos, pero esa noche algo se despertó en mí, algo que antes estaba dormido y consumido por la oscuridad: el amor por mi hermanito.

Me levanté como un rayo y tomé el crucifijo, pues fue lo único que se me ocurrió como defensa. Corrí hacia el cuarto. La puerta estaba abierta de par en par. Entré rápidamente y miré hacia la cuna. Me apresuré a asomarme y todos mis miedos se confirmaron. Robertito no estaba.

Me arrodillé frente a la cuna y, llorando, le pedí a Dios que perdonara mis pecados, empuñando con fuerza el gran crucifijo desde el que Jesús parecía mirarme con lástima; la sangre de la corona de espinas resaltaba sus facciones. Un sonido familiar interrumpió mi sufrimiento. Era Robertito.

Volteé y lo vi detrás de mí, acostadito en la cama de mi mamá, rodeado de las rosas de nuestro patio, pero también de una multitud de sapos, arañas y ciempiés. A pesar de las flores, sentí un olor intenso y desagradable. Aunque entonces no lo sabía, ahora sé que era el olor de la mierda de venado. Me aterraban todos los animales que lo rodeaban, por lo que tardé mucho tiempo en reaccionar.

Cargué a Robertito justo a tiempo, pues un sapo empezaba metérsele por la boca. Cuando lo tuve seguro en mis brazos, vi que los animales y las flores habían desaparecido de la cama, pero el olor a mierda de venado persistía como un eficaz y macabro recordatorio del que nos había visitado.

Esa noche me llevé a Robertito a mi cuarto para cuidarlo. Mamá llegó en la madrugada y nos encontró a los dos debajo de las cobijas. Estábamos enrollados en un abrazo fraternal, el crucifijo preso entre mis manos. Ella debió de sonreír esa noche al vernos tan cerca como nunca. A pesar de que no volví a ver al duende en los diez días que siguieron, no podía contener los orines y los temblores cuando pasaba frente al pantry, el lugar donde lo vi agazapado por primera vez.

Suspendí mis segundas cenas y empecé a leer algunas secciones de la Biblia que mamá guardaba debajo de su colchón. Tenía que protegerme de alguna manera, pero no sabía cómo. ¡Si existe Dios, creo que debió de reírse de mí, pues quien lo había olvidado lo buscaba en momentos de necesidad!

Mamá matriculó a Robertito en el Centro de Desarrollo Infantil Los Chavalitos. A mí me tocaba irlo a dejar de camino a la escuela y traerlo al regreso de esta. Nunca le conté a nadie del suceso, pues pensé que no me creerían. Generalmente, esperaba la hora de ir a buscar a Robertito en las sillas de la barbería Hulk, donde conversaba con mis amigos.

Un día, mientras esperaba, vi que la profesora Carmen me llamaba desde el portón, indicándome que ya era hora. Fui al salón de infantes y la profesora me pidió que le cuidara a los niños un momento mientras ella iba a cambiar a Robertito en el baño adjunto para entregármelo. Le dije que sí y me senté en su mecedora a esperar.

La zona de gateo parecía una isla en un mar de cunas donde estaban acostados nueve bebés, unos vestidos con Pampers y camisitas y otros, con mamelucos y gorritos de animales. Estaban tranquilos, pero, repentinamente, empezaron a llorar. Me levanté de la silla e intenté calmarlos, como un árbol tratando de calmar el huracán.

—Ya, ya, bebitos —les dije.

Los bebés no hicieron caso y siguieron berreando como terneros.

—Shhh, pequeños. Por el brillo de la estrella y la luna. Ya vine y estoy aquí. Silencio —dijo él desde un rincón mientras yo palmeaba a unos de los niños.

Los bebés detuvieron su llanto con una sincronización espeluznante. Miré rápidamente hacia el rincón del que había venido la voz del duende y no pude ver nada. Sentí de nuevo el terror de la primera vez y, al mirar hacia abajo, descubrí una mancha de orines en mi pantalón. Me di la vuelta y encontré a la profesora Carmen, quien ya regresaba con Robertito vestido para volver a la casa.

Pasaron los días y mis miedos crecían con cada minuto, a pesar de que ya no lo veía, a pesar de que ya no lo escuchaba; el poder de sus palabras era más terrible que su imagen: «No me voy más, ¡hombre grande! Por el brillo de la estrella y de la luna».

Empecé a hablarle a Robertito y, aunque estuviera chiquito y no me entendiera, sus muecas eran para mí suficiente prueba de su atención. Cuando le hablaba, extendía sus manos para que lo cargara. Entonces me hacía ojitos y sonreía. Hablaba con él porque era el único que había vivido y sufrido mi experiencia.

Se formó así un lazo impresionante entre los dos y, contra lo que se pueda pensar, creo que Robertito me cuidaba a mí y no al revés. Al fin y al cabo, él siempre estaba sonriente a pesar de que yo, hasta hacía pocos días, tenía la costumbre de dejarlo sin comer. Él me quería a pesar de todo y eso se me clava en el corazón cada día que pasa, ese peso me aplasta ahora que ya no puedo más.

Le puse una sábana negra al espejo de mi cuarto porque muchas veces creí ver la cara del duende ahí, vigilándome cuando yo me peinaba, invocando al brillo de la estrella y de la luna. No podía hablar con mamá aunque quisiera, pues volvía a la casa demasiado tarde y me daba miedo esperarla despierto. Prefería perderme en la protección de los sueños que enfrentar mi horrible realidad. Pasó un mes desde que escuché su voz en el salón de infantes. Todo parecía normal y rutinario, pero el silencio y la calma son los peores tormentos para el que está maldito.

El día de mi cumpleaños, mamá pidió permiso en el trabajo y pudo llegar a las siete de la noche. Ese día me compró un pastel y yo invité a unos amigos de la escuela con quienes compartí unas gaseosas y un arroz a la valenciana que mamá nos cocinó. Robertito nos acompañó todo el tiempo en su silla infantil. El pequeñín sonreía como nunca, como si la fiesta hubiera sido suya. Mis amigos lo integraron en nuestros juegos y, cargado por todos ellos, disfrutó tanto como yo.

Todo iba bien hasta que llegó Pitoco, el payaso enano, un artista famoso de Estelí al que yo tenía miedo. No sé por qué mamá lo contrató. Su imagen me recordaba mucho a la del duende, con esa baja estatura y esa voz tan irritantemente chillona. El payaso iba a hacer algunos juegos y se puso a brincar en un pie, pero mamá le dijo que mejor se fuera pues a mí no me gustaba.

Terminamos la fiesta cerca de las diez de la noche. Creía que mamá ya se había ido a acostar cuando despedí al último de mis amigos. Cerré la puerta con llave, como ya me había acostumbrado a hacer. Revisé las ventanas de mi cuarto, verifiqué que el crucifijo estuviera cerca de la cama y que el espejo estuviera cubierto. Hice esto con los ojos cerrados mientras mi mente se turbaba con la imagen del payaso dando brincos en un pie.

Cuando me estaba quitado los zapatos para acostarme, un pensamiento se clavó en mi mente como los clavos en las manos del pobre Cristo que estaba en mi mesita de noche. A pesar de todo y de muchos años de resentimientos, ¡estaba agradecido con mamá! Me había gustado el tiempo que me había regalado el día de mi cumpleaños y, por eso, me levanté descalzo y fui a su cuarto, queriendo agradecerle su gesto. Toqué tres veces, pero nadie me abrió. Empujé la puerta y vi que había vuelto al turno de la madrugada. A los dueños de la fábrica Marimba Cigars no les importaba la vida de las personas, solo sus números.

En la cuna, durmiendo profundamente, estaba Robertito. Volví a mi cuarto, un tanto decepcionado por no haber podido agradecerle a mamá. Me senté en la cama y apoyé mi frente en la palma de mis manos, inundado por una repentina tristeza y una inmensa soledad. Quise la compañía de Robertito, mi nuevo compañero, para que me ayudara a pasar la noche. Me levanté de nuevo y, cuando iba hacia la puerta de mi cuarto, escuché su llanto y muchos golpes. Corrí hacia el cuarto de mamá y abrí la puerta rápidamente. Entonces lo vi otra vez y esta visión fue mil veces más terrible: ¡estaba subido en la cuna de Robertito y lo golpeaba salvajemente mientras el pobre lloraba y pataleaba, impotente!

—Cállese, maldito. Me lo llevo, su merced, ¡me lo llevo allá a mi lugar! —le decía mientras le daba puñetazos en su carita.

Con cada golpe, el llanto de Robertito se hacía más desgarrador. Yo estaba parado en la puerta, agarrando la manija, completamente inmóvil por el miedo. Pero el amor por Robertito me hizo hablar entre llantos de furia.

—¡Déjalo ya, por el amor de Dios! ¡Él no te ha hecho nada, hombre!

Mis palabras tuvieron un efecto temporal, pues dejó de golpearlo. Se quedó quieto por unos segundos mientras Robertito lloraba. Volteó lentamente, levantó su cabeza y me atravesó con su mirada y con su voz:

—¡Dios no está aquí!, no lo llame, su merced. Y sus mercedes sí me hicieron algo. Y no soy un hombre. Usted sí, su merced ¡Usted es el hombre grande que me quiere despojar de lo que es mío! —me dijo con esa voz chillona que tanto me aterraba—. ¡Yo soy su dueño!

Quise moverme para salvar a Robertito, pero el duende levantó su mano derecha en señal de alto y quedé convertido en una estatua viviente. Con un chasquido de dedos logró que me elevara unos centímetros del suelo y, con un movimiento suave de su mano izquierda, hizo que me estrellara contra la pared.

Todo se volvió negro y me sumergí en ese extraño laberinto de la inconsciencia. Desperté en el suelo del patio, frente al pozo; mi cuerpo estaba embarrado de mierda de venado. Dentro de mi ropa se movía lo que parecían culebras y sapos. Intenté sacudirme, muriéndome del asco y del miedo, pero no pude porque una fuerza invisible me sujetaba. Mi pelo estaba envuelto en telarañas muy espesas que caían sobre uno de mis ojos y podía sentir un arácnido muy grande y gordo caminando por mi coronilla, los pelos de sus patas rozando mi cuero cabelludo. Entonces oí un ruido cerca del rosal. Desde las sombras, con pasos lentos y extraños, apareció el duende con Robertito entre sus brazos; su cara se iluminaba a medias con el brillo de la luna. Estaba sonriendo, gozoso de mi horror. Al verme, mi hermanito empezó a llorar otra vez.

Quise moverme, pero era imposible. De un salto, el duende se subió al borde del pozo y movió su dedo formando un círculo en el aire. Con su poder, me tomó de los pies y me sentó en una silla cerca del pozo. Miles de alacranes empezaron a subir por mis piernas. Robertito seguía llorando y su llanto me arrancaba pedazos del corazón. El duende conocía todos mis miedos, ¡los horrores que me atormentaban! Esa noche, definitivamente, se adueñó de mí. Quise orar, pero no podía entrelazar los versos.

El duende caminó lentamente por el borde del pozo, primero hacia delante, luego hacia atrás. Miró hacia arriba y, con el brillo de la luna en sus ojos, se elevó sobre la boca del pozo. Robertito me miró y en sus ojos pude ver su tristeza y su impotencia. Su cara estaba destrozada por los golpes que el duende le había dado, ¡su boquita sangraba, maldita sea, sangraba! Pero, aun así, Robertito me sonrió con el único dientito que le quedaba. Esa sonrisa me dijo muchas cosas, y, hoy, volver a verlo sonreír es lo que más quisiera, pero ¡no podrá ser!

Cuando Robertito me sonrió, ahí flotando sobre el pozo, el duende lo soltó y lo dejó caer en el agujero. Su caída fue rápida y estruendosa y el sonido del agua en el fondo me indicó el horrible fin de mi hermanito. Así, el duende me arrancó la vida que más me importaba. Lo mató frente a mis ojos y me destrozó por dentro con su poder. No pude ni gritar cuando soltó a Robertito, ¡no pude hacer nada! Entonces comprendí que la impotencia es uno de los sentimientos más horribles, con mucha más razón cuando el que nos asesina puede hacerlo a su gusto y antojo. ¡Qué rabia sentí! ¡Cómo deseé su muerte y la mía!

—Me lo llevé, su merced, me llevé a su maldito hermano a mi lugar, allá, donde termina el sendero de las hojas secas, donde hay hileras de flores y malditos sin bautizar. Vio que Dios no está aquí. Ahora me llevo lo que es mío, quédese ahí, ¡hombre grande! —me ordenó con violencia.

—¿Lo que es tuyo? —le pregunté.

—Sí, su merced, ¡hombre grande! Voy a llevarme a mi reina, porque es mía —chilló.

Entonces comprendí que el duende no me quería a mí ni a Robertito. ¡Quería a mamá!

—Pronto volverá, su merced, ¡hombre grande! ¡Pronto volverá! —dijo con gozo tocándose la entrepierna.

Seguro de lo que tenía que hacer, tragué saliva para tener voz.

—Llévame a mí. ¡Ella no tiene culpa de nada!

—No, me llevo a mi reina, su merced —me respondió—. Tengo un buen rincón para ella en mi lugar. Y de mi lugar nadie vuelve sin mi permiso, ¡su merced!

Impulsado por una fuerza invisible, supe lo que tenía que ofrecerle a cambio de mi madre.

—Llévame a mí. Yo quiero ser como su merced.

Sus ojos brillaron.

—¿En serio, hombre grande? ¿Sabe cuál es el precio que debe pagar? —me preguntó.

—Sí, y es lo que más deseo. En esta tierra quiero sentir por siempre el brillo de la estrella y de la luna, como su merced. Quiero seguir su camino y vivir cerca del hombre grande —le dije con pavor, reconociendo la profundidad y el compromiso de mis palabras.

—Recíbame, entonces —me indicó.

Con la mayor pesadumbre posible, pronuncié las dos palabras fatales, esas que esperan los duendes cuando han logrado su propósito.

—Lo recibo —le dije, y mi respuesta lo inundó.

El olor a mierda de venado nos rodeó y el duende desapareció lentamente, caminando hacia atrás hasta que se agazapó en un rincón tras el rosal.

Amaneció y el alba fue para mí como una plaga. El sabor de la noche se clavó en mis labios y mi nariz dejó de sentir el aroma del rosal. Estaba solo y mamá, ignorante de todo, llegaría en poco tiempo.

Le dejé una nota sobre su cama y me fui de la casa. Así empecé mi transitar errante por esta tierra, tratando de alejarme de ella, tratando de no volverlo a ver a él. Un día me salió una verruga en el brazo y, aunque me rascaba, no podía hacer que la picazón desapareciera. Probé muchos ungüentos, pero la verruga crecía en lugar de ceder.

Con mi brazo vendado y un bordón, por caminos rurales llenos de árboles y el olor de la tierra, caminé tratando de olvidar. Me dediqué a seguir hileras de flores y a posar cerca de las haciendas en las que los niños jugaban en senderos repletos de hojas secas. Era como si algo me enlazara con los pequeños desnutridos que encontraba en los lugares que visitaba; era como un deseo de estar con ellos y llevármelos a algún lugar para que no sufrieran. Y, así, siguió mi camino solitario, lleno de pensamientos tristes, de anhelos y arrepentimientos.

Al fin llegué a León y conseguí trabajo como ayudante en un taller de carpintería. Eso me ayudó a pagar un cuarto cerca de la iglesia de La Recolección. Siempre que pasaba por la puerta del templo, la verruga del brazo empezaba a picarme con mucha intensidad.

Pasó el tiempo y un día, un mal día, mamá me encontró, guiado su instinto por la brújula del amor y el mensaje que le dejé involuntariamente en la nota: «¡Búsqueme!, ¡sálveme!».

Ese día es hoy y su visita interrumpió la soledad que creí haber encontrado. Tocó la puerta y, al abrir, la vi parada con su vestido verde y la nota en su mano. Los sentimientos se mezclaron en mi corazón y aire se extravió de mi cuerpo.

—¿Por qué te fuiste, mi amor? —me preguntó.

—¡Por usted! —le respondí, diciéndole una verdad a medias.

—Quiero que vuelvas conmigo a la casa, amor. Yo no te culpo por nada y te voy a recibir —me dijo, pronunciando unas palabras parecidas a las que yo pronuncié por ella.

Pensando en la última opción que me quedaba para que se fuera, a pesar de que la amaba y de que lo que más quería era irme con ella, recurrí a insultarla para protegerla, ¡para alejarla de él!

—¡Váyase de aquí, vieja hijueputa! ¡Déjeme tranquilo ya! ¡No se meta conmigo! —le dije a mamá. Me miró como solo miran las madres cuando creen que es la última vez que nos verán. Le cerré la puerta en la cara y la escuché llorar y derramar esas lágrimas que pesan como yunques cuando caen al suelo. La observé por el agujero de la puerta mientras se alejaba, sola, bajo la lluvia, como queriendo lavar sus penas y, de paso, las mías.

Pero, antes de irse, se dio la vuelta y llegó nuevamente a la puerta. Tocó otra vez.

—¡Váyase, vieja! —le dije fuertemente, arrepintiéndome del insulto, pero regocijándome porque era la única manera de protegerla.

—No me voy hasta que me abras y me mires, amorcito. Yo no te culpo de nada —me dijo.

No pude evitarlo, tuve que abrir de nuevo; la verruga de mi mano me causaba una picazón terrible.

—Gracias, amorcito —me dijo mientras empezaba a reírse. Su cara se partió en dos y su cuerpo cayó al suelo como el viejo cascarón de una cigarra que muda su piel.

En el lugar en el que estaba mi madre quedó solo él, riéndose de mí, riéndose de la víctima de su engaño.

—Gracias, su merced. Ya me llevé a mi reina. Muchas gracias. La encontré en el cementerio, visitando la tumba de su hermano, aquel maldito que me llevé a mi lugar. Me escondí en un árbol y le puse un alacrán negro en el vestido. La picó rápido, su merced, muchas veces, y parece que el veneno le cerró la garganta. Se murió a mis pies, su merced, pidiendo aire, como una reina; ¡como mi reina! Cuando cayó al suelo, su cara quedó sobre el pasto, cerca de la tumba. ¡Ah! ¡Se miraba tan bonita, su merced! Sus ojos estaban llorosos y yo, su merced, recogí una lágrima en este frasquito. Me despido, su merced, yo me voy, pero usted se queda y no se va más —me dijo el duende mientras se volteaba y se alejaba dando saltitos de alegría, disfrutando su nueva libertad, al tiempo que se transformaba en un niño chiquito vestido de overol.

Tomó la mano de una señora que lo llamó cariñosamente y se lo llevó caminando por la acera. Antes de perderse de vista volteó, y en su cara vi la faz de mi hermanito, el rostro que él hubiera tenido.

Se me está haciendo un hueco en el estómago y esta verruga ya no la aguanto, ¡hombre grande! La vida me está aplastando el cuerpo y el alma, ¡hombre grande! Creo que ya no tengo alma, creo que ya no tengo nada. La soledad me está consumiendo en este hogar sombrío. Me siento más viejo, más bajo y más ligero, ¡hombre grande! Me pica la barba y la nariz y veo el suelo más cerca ahora, ¡hombre grande! Estoy cansado y no puedo más.

Ahora tengo que esperar la eternidad en este cuarto, perdido y olvidado. Ahora tengo que esperar la eternidad agazapado en el rincón...

LA OTRA TIERRA

|||||||||20 %

— ¡**N**o me queda mucho tiempo! ¡Repito! ¡No tengo mucho tiempo! Si alguien recibe esto tiene que retransmitirlo. ¡Y tiene que hacerlo ahora! Ahora comprendo lo que siempre estuvo a la vista. No tenemos ni una sola foto real, solo las que la NASA concatena, edita y comparte con el público. ¡El horizonte siempre se eleva a la altura de los ojos del observador! ¡Es cierto! ¡Nos mintieron, nos engañaron! Hay otras cosas, muchas cosas. ¡Y les hemos creído por décadas!

* * *

Pensé que completaríamos el alunizaje, pero no fue así. Las cosas empezaron a complicarse a medida que descendíamos y contemplábamos la superficie lunar. La pantalla principal mostró lecturas inusuales en los niveles de radiación y escuchamos un ruido como de desprendimiento en el lado izquierdo del módulo. En un instante habíamos perdido una de las tres antenas de navegación. Empezamos a girar sobre nuestro eje en esa peligrosa aproximación. El altímetro marcó nuestro descenso vertiginoso, un descenso al doble de la velocidad indicada.

El capitán Marcos Ventura, el piloto, trató de mantener la orientación y un punto de referencia, pero nuestra inclinación nos había propulsado con fuerza hacia la superficie, como una flecha con forma de tirabuzón moviéndose a merced de las fuerzas. Nos dirigíamos hacia la cara oculta de la Luna, hacia el lugar en el que nadie había alunizado jamás. Nos precipitamos sin remedio y, segundos antes del impacto, pude ver destellos de luces y superficies metálicas, cosas que jamás imaginé ver en ese hemisferio lunar. El módulo lunar quedó hecho añicos con el impacto y yo quedé atrapado entre los restos. Parecía como si el chasis del módulo hubiera sido comprimido por unas gigantescas manos. Todo lo que quedó fue un terrible acordeón de latas con un par de almas a bordo.

* * *

¡¡¡¡¡¡15 %
Intenté llamar al capitán Ventura, pero no respondió. Todo lo que oía era estática en la radio. Estaba bocarriba, y en la única pantalla intacta había líneas monocromáticas horizontales. La cabina parecía estar presurizada a pesar de los golpes y quedaba muy poco espacio para moverse. Volví a llamar al capitán y no obtuve respuesta. Traté de liberarme, pero una parte del tablero de mando había atrapado mi pierna.

Una alarma se disparó y la reconocí al instante: ¡era el medidor de oxígeno! La frecuencia del sonido se incrementó y supe que los siguientes serían momentos cruciales. Estiré mi mano para alcanzar el compartimento de herramientas que estaba junto al tablero de mando. Mis dedos acariciaron el botón, pero no lo suficiente como para abrir la pequeña tapa. La alarma aumentó su frecuencia y volumen y observé, con horror, la manera en que el nivel de 02 bajaba con el paso de los segundos.

Con un esfuerzo descomunal, alargué mi mano y el índice hacia el botón mientras sentía los tendones tensarse peligrosamente. Casi sin fuerzas, logré presionar el botón después de lo que parecieron siglos. La tapa se abrió y, al hacerlo, dio paso a una lluvia de piezas y repuestos que cayeron sobre mí. Entre estos estaba una clavija. La tomé inmediatamente y la usé como palanca para liberar mi pecho y mis piernas. El sonido de la alarma me estaba enloqueciendo y su frecuencia hacía que mis nervios se dispararan. Logré liberarme, poco a poco, justo a tiempo para tomar el casco, colocármelo y presurizarlo antes de que el oxígeno se acabara.

La clavija me sirvió para desprender el mecanismo de seguridad de la escotilla, a través de la cual me arrastré hacia el exterior. No era la forma en que me había imaginado el alunizaje, pero era la única posible. Cuando puse mis manos sobre el suelo lunar, me sorprendió su dureza y la ausencia de terreno suelto. Me incorporé en medio de la oscuridad y traté, sin éxito, de activar la lámpara de mi traje. Miré hacia arriba y no pude ver estrellas, ¡no había ni un solo astro! Detrás de mí, señalado por unos cuantos diodos emisores, el módulo lunar parecía un trozo de papel arrugado. Y ¡también era la tumba del capitán!

* * *

Me alejé del módulo y, cuando creí que debía avanzar saltando, me sorprendí al descubrir el efecto de la gravedad en la superficie del lado oscuro. ¡Había gravedad! Los medidores de mi traje funcionaban bien y tenía suficiente oxígeno para un día terrestre.

Este era el tipo de situación que quedaba fuera del alcance del entrenamiento que nos daban en Houston. Caminé por media hora, tratando de encontrar una referencia celeste, tratando de encontrar alguna posibilidad, pero solo encontré oscuridad y expansión.

Después de unas horas, me senté y traté de analizar mi situación. Sabía que la luz no aparecería porque la Luna tarda el mismo tiempo en dar una vuelta sobre sí misma que en torno a la Tierra, por lo que presenta siempre la misma cara. Un tanto desesperado, me incorporé y continué avanzando, resignado a deambular en la oscuridad que se extendía por millones de kilómetros cuadrados. Sin embargo, después de un par de horas los instrumentos de mi traje empezaron a encenderse, como si recibieran lecturas de diversos tipos, mensajes que no podían interpretar.

Traté de reconfigurarlos, pero no tuve éxito. Nunca fui un hombre creyente, pero en ese momento tuve que aferrarme a lo que fuera, a un recuerdo, a la imagen de mi familia, ¡al poder de un hipotético Dios! Caminé más y la desesperación empezó a consumirme, esa que se siente ante lo inevitable, ¡ante lo inminente! Los medidores siguieron arrojando alertas y el oxígeno restante empezó a agotarse vertiginosamente, como si tuviera una fuga en alguna sección de mi traje. Avancé con firmeza por el oscuro suelo lunar, entre océanos de tranquilidad y locura. Caí dentro de cráteres que no podía ver ni detectar con mis instrumentos y avancé por los valles que se forman en estos por muchas horas, sin descansar.

Cuando me creí perdido, con el visor de mi casco empañado por el dióxido de carbono, miré hacia mi derecha y, para mi sorpresa, pude ver un destello, un hilo de luz que, con esfuerzos, escapaba de la oscuridad del espacio. Me incorporé de inmediato, sacando fuerzas de donde no las había, buscando el nuevo horizonte, el límite inalcanzable de mi salvación.

Avancé rápido y pude notar cómo la luz se hacía más intensa y parecía venir de múltiples direcciones. Empecé a correr y logré llegar hasta el borde de un cráter que me permitió tener una mejor perspectiva, una imagen que estará conmigo durante los instantes que me quedan. Es por esto que decidí transmitir este mensaje con la poca energía que le queda a mi traje. Es necesario que lo sepan. ¡No hay otra forma!

* * *

⦙⦙⦙5 %

—¡Si alguien recibe esto tiene que retransmitirlo! Y ¡tiene que hacerlo ahora! ¡Nos mintieron, nos engañaron! ¡No vivimos en un globo! ¡No conquistamos la Luna! ¡Ellos llegaron primero! La Luna es solo una estación artificial para lo que sigue.

* * *

⦙⦙2.5 %

—¡Es plana!

* * *

⦙1 %

—¡La Tierra es plana, maldita sea! ¡Plana! Es el centro de todo y alrededor de ella giran dos soles enormes. ¡No existen otras estrellas! ¡Solo hay puertas y agujeros que se están abriendo! ¡Dios! ¡Se están abriendo desde la cara oscura! ¡Las estoy viendo en este instante! ¡Hay cosas gigantes saliendo de ellos! ¡Ya vienen! ¡Oh, Dios! ¡Ya vienen!

0 %

EL PROFESOR

—**D**ecime en dónde están, ¡maldito hijueputa! ¡¿Dónde están?! ¡Hablá ya o te vuelo la cabeza!

—¿Usted cree que esa arma me asusta, inspector? ¿Cree que eso hará que le diga lo que quiere? No sé por qué se altera tanto. Debería agradecérmelo, porque yo simplemente me he encargado de hacerlo un mejor policía y un mejor papá.

* * *

Aún se me eriza la piel cada vez que escucho esta parte de la cinta. Generalmente la detengo y la guardo, pero hoy es un día diferente. Trabajo como reportero de la nota roja desde hace veinte años, y durante este tiempo he podido ver miles de atrocidades: cuerpos descompuestos, balas en la frente, violaciones, mutilaciones y genitales quemados. Pero jamás vi nada parecido a lo que le pasaba a las víctimas del Profesor, el alias con el que había sido conocido en los medios el asesino en serie más perseguido en toda Nicaragua.

Yo hacía lo que fuera con tal de conseguir la información para una nota. Pagué a policías para acompañarlos como uno más en sus redadas; viví encubierto con las pandillas más atroces, y vendí drogas para poder llegar hasta los jefes narcos y sus fortunas. En las facultades, los maestros me ponen de ejemplo como una oveja negra del periodismo, el ejemplo que no se debe seguir. Quizás tengan razón. He hecho de todo, pero creo que ha llegado el momento de parar.

Según los registros oficiales, el Profesor había matado a cuatro niños. Trabajaba como maestro de Química en la Facultad Regional Multidisciplinaria de Estelí, y el inspector Cruz, el mero mero de la Unidad Especial Anticrimen, logró capturarlo después de dos años gracias a un simple problema en las tuberías de una vecina del Profesor.

La vecina presentó una queja en la empresa de acueductos por unas averías en su sistema. Cuando destaparon las tuberías que conectaban con ambas casas, los técnicos notaron una sustancia pastosa y unos trozos de un material que no conocían. Cuando el departamento químico de la empresa lo analizó, decidió pasarlo a Auxilio Judicial para corroborar el hallazgo, y la policía verificó la identificación de restos de huesos humanos. El inspector Cruz lideró el equipo de captura con su unidad.

Durante esos dos años, el inspector lo había buscado sin éxito, siguiendo pistas que no terminaban en nada, analizando muchos perfiles de asesinos seriales y entrevistando a numerosos informantes. Una semana antes de atraparlo, él mismo y el rector de la facultad habían sufrido en carne propia, pues sus hijos pequeños habían sido raptados del Centro de Desarrollo Infantil.

Entrevisté al Profesor porque el inspector Cruz, en su desesperación, pensó que yo podría sacarle algo sobre el paradero de los niños si lo tomaba desprevenido en la conversación, o si le ofrecía publicar su historia en los medios para que el legado de sus crímenes se volviera viral. Lo hice como un favor personal, porque Cruz había sido invaluable para mí anteriormente.

El Profesor fue seco y directo en la entrevista, como si de una situación normal se tratase. A pesar de ser el gran reportero de la nota roja, el desarrollo de la entrevista abrió puertas a rincones de mi vida personal. Hoy solo puedo agradecer que en el momento de la entrevista hubiera un vidrio protector entre nosotros.

Aquí está la cinta en su totalidad. Dejo esto para que sirva de algo, y, al hacerlo, apenas puedo contener las ganas de vomitar.

* * *

—Esta es una cinta oficial de la Policía Nacional. Cinta número noventa y tres; caso 11109. Alias el Profesor.

—Me llamo Roberto Fernández y soy del diario La Noticia. Le agradezco el tiempo para esta entrevista en la que queremos dar a conocer su historia. Iré directo al grano, ¿por qué mató a esos niños?

—Porque quería purificarlos. No quería que sufrieran lo que yo sufrí.

—¿A cuántos mató?

—Seguro que quiere decir que a cuántos purifiqué. A unos cuantos.

—Los registros oficiales decían que eran cuatro.

—Los registros están mal.

—Ya veo. ¿No sentía ningún remordimiento al matarlos?

—Está tentando su suerte, señor. Quiere decir al purificarlos, ¿verdad?

—Lo siento, sí. Al purificarlos.

—Pues no.

—¿Simplemente no?

—Sí, simplemente no.

—¿Eso no le resulta extraño?

—No. Mire, yo no tengo un botón de encendido y apagado. Solo tengo una misión y un conjunto de principios. Cumplí con mi deber.

—¿Cómo los mató?

—Usted me empieza a incomodar, señor periodista. Pero ya que quiere saberlo, los purifiqué por medio de un proceso bello y sencillo. Los tomaba de los Centros de Desarrollo Infantil. Sí, pues con todo lo que publican en Facebook estos días, conocer los hábitos de alguien es muy fácil, y llevarse a un niño de una escuela, mucho más. Los niños son tan inocentes y preciosos que no merecen estar en un mundo como el nuestro, un mundo que está lleno de injusticias.

»Yo los llevaba a mi casa. Para purificarlos, los drogaba, me ponía unos guantes de látex y los metía en un contenedor especial. Luego, llenaba el contenedor con veinte galones de sosa cáustica y lo tapaba. Ahhh, y ¡así los salvaba de la suciedad de este mundo! Lo que más me gustaba era ver cómo se apagaban sus ojos y cómo se retorcían al igual que esas conchas a las que se les pone algo de limón. Era como si sus almas supieran que estaban siendo liberadas. La sosa cáustica o hidróxido de sodio, por si no lo sabe, es una sustancia utilizada en la industria de la fabricación de papel, tejidos y detergentes. Como verá, es el ingrediente perfecto para un proceso de purificación ideal.

—Eh... Ehm. ¿Cuánto tiempo tardaba un cuerpo en deshacerse?

—Tranquilo, no se altere. Veo que no le gustó mi explicación. El proceso tomaba veinticuatro horas.

—Y, con lo que quedaba, ¿qué hacía?

—Lo echaba en una fosa.

—¿En cuál fosa?

—En una fosa especial que tenía en mi casa.

—Sus conocimientos son admirables. ¿Hace cuánto enseña en la FAREM?

—Hace dos años.

—Es un hombre joven e inteligente.

—Eso dicen casi todas las personas que me conocen. ¿Por qué me adula?

—Es la verdad. Según leí, usted fue todo un niño prodigio y se graduó muy joven de la universidad. Hay muchos grandes académicos que lo admiran. Yo también he empezado a admirarlo.

—Eso no me extraña. Toda mi vida he buscado la perfección en lo que hago. Lo que no entiendo es su repentino cambio. ¿Ahora me admira?

—Dicen que usted es un genio de la química.

—Así es. Es la reacción esperada ante mi grandeza.

—¿Dónde están el hijo del inspector Cruz y el del rector?

—¿Qué?

—Esos niños raptados, ¿dónde están? Si me lo dice, voy a publicar sus historias en todos los medios posibles para que su fama crezca. De esa manera, su grandeza se magnificará. Lo van a conocer en todo el mundo, profesor; lo van a conocer como el Gran Purificador. Y, además, el inspector no hará nada. Es una de esas situaciones ganar-ganar.

—¿No hará nada de qué?

—Todo depende de usted.

—Esta entrevista terminó. Llame al inspector Cruz y dígale que solo voy a hablar con él. Mientras tanto, señor Roberto, quiero que cuide a Marta. Su hija es una niña muy dulce y se ve muy linda con ese vestidito azul que usa para ir a la escuela. Me gustaría mucho verla retorcerse en mi contenedor. Hay otros que, así como usted dice, me admiran y me siguen. Usted cree que trabajar encubierto lo oculta del mundo. Pues no. ¡Trata de ocultarse tanto que se muestra por completo, señor periodista!

—¡Inspector Cruz! ¡Venga ya! ¡Este pedazo de mierda solo hablará con usted! ¡Haga lo que tenga que hacer! ¡Le juro que si algo malo le pasa a mi hija...!

—Decime en dónde están, ¡maldito hijueputa! ¡¿Dónde están?! ¡Hablá ya o te vuelo la cabeza!

—¿Usted cree que esa arma me asusta, inspector? ¿Cree que eso hará que le diga lo que quiere? No sé por qué se altera tanto. Debería agradecérmelo, porque yo simplemente me he encargado de hacerlo un mejor policía y un mejor papá.

—¿Qué es lo que querés, pedazo de mierda?

—Quiero que me traiga unas cosas.

—Primero tenés que decirme dónde están los niños, hijueputa.

—Tráigame unas cosas, primero.

—No. Dame toda la información ahora. ¿Sabes que tengo a tu hermano? ¡Ah!, ¿no sabías? La va a pasar muy mal si no me lo decís. ¿Un genio dejando cabos sueltos? No puedo creerlo.

—No, no lo sabía; pero tampoco me extraña, inspector. Usted está jugando a algo muy peligroso. ¿Cabos sueltos? Eso solo lo piensa usted. Cree que me atrapó por su gran capacidad policial, ¿verdad? Mi hermano es estúpido, pero es leal y no le dirá nada.

—Ya veo que te importa bastante. Lo tengo en un cuarto oscuro y basta una orden para que le pongan corriente en los huevos. ¿Vas a seguir con tu jueguito?

—No lo lastime. Le daré una parte de lo que quiere si lo suelta.

—Lo quiero todo, animal. Y no lo voy a soltar.

—Suéltelo, por favor.

—¡Dame la información ya o le frío los huevos a tu hermano!

—No, no lo haga. En el basurero que está a unas cuadras de aquí, cerca de la entrada a la planta de reciclaje, hay una tapa de alcantarilla que tiene un bajorrelieve de un ángel. Dígale a mi hermano que «el ángel debe hablar», y pídale a sus hombres que lo lleven. Él le mostrará el camino que debe seguir en la alcantarilla. Pero tiene que prometerme que lo soltará después de esto.

—No tengo que prometer nada, mierdoso. Oficial Martínez, vaya a la celda E-4 y dígale al hermano de este animal que «el ángel debe hablar». Luego, métalo en una patrulla y siga las indicaciones que le dé. Yo lo estaré monitoreando por radio. Lleve el equipo acostumbrado.

—A la orden, inspector.

—Ahora, decime algo: ¿quién más te está ayudando? ¿Quiénes son los otros que te admiran y te siguen?

—Son muchos, inspector. ¿Usted cree que un joven con recursos tan escasos, y que ha realizado tantos avances en el proceso de desalinización de agua, puede pasar desapercibido?

—No me refiero a ese tipo de admiración, idiota. Me refiero a posibles copiones.

—Ah, no sea ingenuo. Vivimos en la era de la información. Ya ve lo que lograron con esa estupidez de la Ballena Azul, y lo que provocó después ese simple mensajito por Facebook. Todo se debe a la falta de pertenencia e identificación de los jóvenes en este mundo tan sucio. Y el resto, bueno, el resto fue el desenlace esperado. Es otro ejemplo de los procesos de purificación social que necesitamos. Cosas oscuras como la Deep Web no son necesarias en estos escenarios. Solo requerimos una chispa que desate las llamas. Yo estoy ayudando en ese proceso y mi colaboración es invaluable para lo que viene. Si de algo puede estar seguro es de que allá afuera, en cualquier lugar, alguien se maravilla con mi trabajo.

—¿Y qué es lo que viene, pedazo de mierda?

—La expiación, inspector.

—¿Así que te vas a someter a la pena que te impongan los tribunales, rata de mierda? Eso está muy bien. Pero bueno, ¡ya fue suficiente! Decime en dónde están o tu hermano está listo y servido.

—Inspector, ya llegamos al punto indicado. Cambio.

—Soy todo oídos, oficial. Adelante. Cambio.

—Tiene que prometerme que soltará a mi hermano. Hasta usted debe tener palabra.

—¡No tengo que prometerte nada! Callate ya, hijueputa. Adelante, oficial. Cambio.

—Estamos en la alcantarilla. El hermano nos trajo por una red de túneles hasta llegar a una sala de mantenimiento. Aquí hay un ángel blanco en una mesa. Es una imagen de tamaño natural, como la que está en la catedral. Tiene unas letras y unos números en las alas. Cambio.

—Léamelos, oficial. Cambio.

—EC104B802344. Cambio.

—¿Alguna idea? Cambio.

—No, ninguna. Cambio.

—Ya tiene lo que quería. Suéltelo, inspector.

—Solo tengo un número, desgraciado. Y eso no es nada. Oficial, llevó el equipo acostumbrado, ¿verdad? Cambio.

—Sí, señor, así es. Cambio.

—Fríale los huevos, oficial. Hágalo ahora y suba el volumen de la radio. Cambio.

—A la orden, señor. Ahora sí vas a ver estrellas, hijueputa. Enciéndanlo.

—¡Ahhhhh! ¡Ayyyyyyyyyy, noooooooooo!

—No lo haga, inspector. Yo estoy cooperando. ¡No lo haga!

—Dame la información ya y con gusto me detengo, mierdoso.

—¡Ahhhhhhh! ¡¡Ayyyyyyyyyyyyy, noooooooooooooo!!

—Está volteando los ojos, inspector. Es una maravilla. Cambio.

—Inspector, como representante de la Defensoría de Derechos Humanos le ordeno que se detenga.

—Saquen a este hijueputa de la sala. ¡Es una orden!

—¡No puede hacer eso! Nuestro mandato es verificar el proceso. Esto le va a pesar.

—Míreme hacerlo, señor garante.

—¡¡Ahhhhhhhh!! ¡¡Ayyyyyyyyyyyyyyy, noooooooooooooooo!!

—Se está poniendo rojo, inspector. Es la primera vez que veo carne de ese color. Cambio.

—Está bien. Ya no más. Le daré información. Le recuerdo que ese señor que sacó está escribiendo un informe. Con la fama de torturador que tiene, no demorarán mucho en detener esto si no se me dan las condiciones adecuadas, inspector.

—Hablá ya. Si seguís jugando, tu hermano va a pagar. Me valen verga los derechos humanos.

—Significa: Estación Central, casillero 104B. Los seis números son...

—Una combinación. ¿Escuchó, oficial? Cambio.

—Sí, inspector. Estoy enviando a dos hombres allá. Lo llamarán pronto. Cambio.

—Bien, que se den prisa. Cambio.

* * *

—Inspector, estoy cooperando con lo que me pide, pero he estado aquí casi por un día sin nada de beber o de comer.

—Estoy esperando más noticias. No te voy a dar nada hasta que tenga lo que quiero.

—Pero si ya tiene todo lo que quiere. ¿No ve que ya estoy en sus manos?

—Deja de jugar. Vas a tener mucho tiempo para comer después. Y ¿qué hay de tus copiones? Lo que te espera no es bonito, animal. Tu hermano ya lo está viviendo.

—Señor, oficial Ventura desde la Estación Central. Ya tenemos el contenido del casillero. Es una tabla periódica de elementos que tiene señalados los cuadros de Ar, Ca, C y Ni. Cambio.

—Entendido, oficial ¿Qué es eso, pedazo de mierda? ¿Por qué señalaste esos elementos?

—¿Qué cree usted, inspector?

—No sigás jugando. Decime qué son.

—Otro niño abandonado por nuestro sistema educativo...

—Decime qué significa, perro.

—Química básica, primer año de secundaria: argón, calcio, carbono y níquel.

—Y ¿eso qué significa?

—Ordene los símbolos de los elementos, inspector. ¿Quiere que le haga un dibujo también?

—NiCaArC... ArNiCaC... ArCCaNi... CArNiCa, ¡eso es!, ¡CÁRNICA! La tienda de comidas rápidas que está en la estación.

—Al fin, inspector. El depósito en desuso al lado de la tienda tiene un sótano. La puerta usa la misma combinación que el casillero. Ahí encontrará sus respuestas.

—¿Escuchó, oficial Ventura? Vaya allá ahora mismo. Cambio.

—A la orden, señor.

—Será mejor que encontremos lo que buscamos, mierdoso. Será mejor que no sigás haciéndote el gracioso conmigo.

* * *

—Señor. Estamos en el depósito. Acabo de entrar al sótano. Espere, hay algo aquí. Sí, es un niño, inspector, ¡un niño! Está amarrado, tiene una sonda en la boca y una bolsa con una especie de jugo. Está un poco aturdido, pero está bien. ¡Es el niño del rector, señor! Cambio.

—¡Bien! Pónganlo a salvo. ¿Y mi hijo también está ahí? Cambio.

—No, señor. Lo siento. Cambio.

—Decime en dónde está mi niño, ¡maldito hijueputa! ¡¿Dónde está?! ¡Tu hermano ya casi está muerto y lo va a pasar muy mal si no me lo decís! Fríale los huevos completamente, oficial.

—Inspector, ya tiene todo lo que quiere. Ahora, si quiere que le diga el resto, si quiere saber dónde está su hijo, ¡deme de comer!

—¡Sos un pedazo de mierda!

—Quiero mis libros y un Value Pack 4 con refresco grande de CARNICA. También quiero la foto de mi madre que mi hermano deja en la tienda en su casillero de empleado. Usted me tiene sin comer y sin beber, y aquí está como testigo el garante de derechos humanos que usted sacó de la habitación. Yo estoy cooperando y usted no me ha concedido nada, ni siquiera una llamada. Usted sabe muy bien que hasta yo tengo derechos, inspector.

—Este maldito sistema solo protege a los criminales. ¡Oficial Ventura! ¡Tráiganle lo que pidió a este pedazo de mierda! Sí, los libros y la foto también. Cambio.

—Entendido, señor. En un momento vamos para allá. El niño del rector ya va en camino al hospital. Acabo de hablar con el padre y se dirige hacia allá también. Cambio.

—Hace lo correcto, inspector. Creo que ya empezamos a entendernos.

—Andate a la mierda. El garante puede escribir lo que quiera. ¡A esos les importa más un pedazo de mierda que una vida! Es la vida de mi hijo, hijueputa, ¡mi hijo! Mi esposa está desesperada y yo te voy a destrozar. Voy a averiguar dónde está y nadie va a impedirme hacer lo que sea necesario.

* * *

—Aquí está lo que pidió, inspector. Está todo ahí, los libros, la comida y la foto.

—Déselo de una vez a este perro maldito.

—Gracias. Después de esto podemos continuar. Si me disculpa un momento, voy a comer y a leer un poco.

—No tenés idea de lo que le voy a hacer a tu hermano y a la vieja de la foto. Última oportunidad para salvarlos, maldito hijueputa. Oficial, si en cinco minutos este hijueputa no me dice dónde está mi niño, póngale candela al hermano y luego venga por mí para ir al asilo a matar a la vieja.

—Su hijo está aquí, inspector, ¡con nosotros! Lo molí en una máquina en la tienda de comida y me lo acabo de comer junto con las dos pastillas de fosfuro de aluminio que tenía la carne.

Fin de grabación.

EL FARO

—¡Vienen por mí! ¡Me vieron y vienen por mí! ¡Auxilio! Repito, ¡ayúdenme! ¡Auxilio! ¡Ah!, no sirve esta estúpida radio, ¡no sirve! ¡Ayuda! ¡Puerto principal, este es el faro! ¡Cambio!

»¡Ayuda! Si alguien me escucha, por favor, mande ayuda. Mi reemplazo venía hacia el faro para el cambio de turno. Venía hacia aquí, pero no logró llegar. Vi la luz de su foco a lo lejos, vi su reflejo en el agua mientras se acercaba, pero no logró llegar. Él se dio cuenta de que había algo cerca del barranco. ¡Cambio!

»Yo lo estaba viendo todo. Vi cómo unas sombras se acercaban a él. ¡Cambio!

»¿Me escuchan? Vi cómo lo rodeaban y él trataba de defenderse con el foco. Lo envolvieron por completo, en unos instantes, con unas redes gigantes que les salían de la boca. ¡Ayuda! ¡Cambio!

»Después se lo empezaron a comer. Todavía puedo escuchar sus gritos. ¡Dios! ¡Que alguien me ayude! ¡Se lo comieron vivo! Les disparé cinco veces con el revólver del faro y fue entonces que me vieron... ¡Vienen por mí! ¡Me vieron y vienen por mí! ¡Cambio!

»¡Auxilio! Repito, ¡auxilio! Las olas tienen otro ritmo, ¡otros tonos! ¡Ayúdenme! ¡Dios! Están subiendo por la pared del faro y se está derrumbando. Son grandes, ¡tienen muchas patas! ¡Son enormes...! ¡Dios! ¡Solo queda un tiro y no sé qué hacer con él!

¡NO DIGAS NADA!

—¡No digas nada! Si lo haces, voy a matar a la vieja y al niño. No está bautizado y me lo puedo llevar cuando quiera, allá, por el camino de las hojas secas. Así es que ya lo sabes, haz lo que te digo o lo vas a lamentar. Piensa en lo que puedo hacerle, piensa en mí, llevándomelo, arrastrándolo con fuerza mientras llora, arrastrándolo por aquel camino interminable de las hojas secas.

—¡No! A ellos no, por favor. Te lo pido. Por misericordia, ¡no les hagas nada! Necesito otra oportunidad. ¡Solo una!

— Ya te di demasiadas, estúpida. Ahora todo depende de ti. ¡Todo! ¿Crees que este es uno de tus juegos, uno de tus engaños con esa baraja inútil y esa tonta bola de cristal? No, no, no. Esto es algo diferente. ¡Esto es real! Así es que ya lo sabes, ¡no digas nada! Llévame a esa casa y toma al niño para entregármelo. Si dices algo, me llevaré al tuyo por aquel camino de las hojas secas, pero antes mataré a tu madre. Voy a arrancarle la piel y a quebrarle los huesos frente a ti.

Piiiiiip, piiiiiip, piiiiiip.

—¿Lleva algo de metal en el bolso, señora?

—Sí, señor. Deben de ser mis agujas para tejer.

—¿Solo es eso?

—Sí.

—No pueden pasar esas agujas. Déjelas en el casillero. Las puede retirar con este recibo cuando regrese.

—Ayúdeme, por favor.

—¿Cómo dice? ¿Se encuentra bien, señora? ¿Por qué está llorando?

—Necesito ayuda, por favor. Ayuda...

—Dígame cómo la puedo ayudar. ¿Le pasa algo al niño? Se ve molesto.

—Es que... No, no necesito ayuda. Solo fue un malestar que sentí de pronto. Lo siento. Ya estoy bien.

—Pues yo no la veo bien, señora. Y el niño se ve mal. Parece que está muy enojado.

—No se preocupe, señor. Así es él. Sí, así es. Es un poco malcriado y se enoja cuando tiene hambre y cuando no hago...

—¿Cuando no hace qué?

—Nada. Ya no me ponga atención. Estoy bien y ya estoy lista. ¿Me puedo ir?

—¿Se encuentra bien en realidad?

—Sí.

—Pase.

Piiiiip, piiiiiip, piiiiip.

—Lo siento, señora. En la máquina aparece un objeto metálico en forma de cruz en el bolso.

—Ah, sí. Es una cruz que me regaló mi madre.

—Pero tiene un extremo en forma de punta. No puede pasar, señora. Lo siento.

—No, por favor, le dejo las agujas, pero la cruz la necesito. Soy muy creyente, señor. ¡Por favor!

—Lo siento, señora. Tiene que dejarla.

—Pero es que...

—Lo siento, señora. Tiene que dejar la cruz.

Las palabras del guardia se repitieron en la mente de Francisca mientras se alejaba. Se dirigía a la casa de Berta, su hermana, quien acababa de dar a luz. Caminaba despacio y, mientras lo hacía, se arrepentía de sus engaños, de la invocación y de la magia. Pero lo que más la atormentaba, lo que verdaderamente la llenaba de terror, era haber dejado atrás el arma con la que pretendía matar al terrible duende que cargaba.

AL OTRO LADO

—¡Déjame salir! ¡Te lo pido por Dios! ¡Haré lo que digas!

—¡No me lo pidas por él!

—¡Por favor!, ¡por favor! ¡Me van a encontrar! ¡Déjame salir!

—¡No! ¡El sol brilla mucho aquí! Tuviste tu oportunidad y la arruinaste.

—¡No puede ser! ¡Me encontraron! ¡Déjame salir! ¡Están en la puerta! ¡Déjame salir!

—¡Sí! ¡Te encontraron! Puedo oírlos y suenan realmente hambrientos. ¡Será mejor que te escondas! Pero deja de gritar; tu madre está cocinando algo delicioso y quiero concentrarme en el aroma.

—¡Déjame salir! ¡Por favor! ¡Están abajo! ¡Ya vienen! ¡No!

—¡No te preocupes por nada! Cuidaré bien de tu madre, pero voy a ocuparme de tu hermanita. ¡Me molestan demasiado sus dudas! ¡Ah! ¡Qué bien huele eso!

—¡No! ¡No le hagas daño! ¡Déjame salir, maldito!

—¡Shh! ¡Todo va a estar bien! ¡Será mejor que te escondas! No quiero ver cuando destrocen esa linda cara.

—¡No! ¡Déjame salir!

—¡Tienes que callarte e irte ya!

—¡No!

—¡Shhh! Ya, ya. No te preocupes. Todo estará bien en este lado del espejo.

Danilo Rayo

BAILE DE GRADUACIÓN

Marcos camina despacio sobre el charco de sangre. Nadie lo mira a pesar de la tragedia. Camina lentamente entre las personas que huyen del lugar. En los parlantes, como un lamento para Donna, suenan la voz y los acordes de Ritchie Valens. Marcos acaba de disparar a Diego en pleno baile de graduación en el colegio. Lo vio bailando con Andrea, su exnovia, y no pudo frenar el impulso de sus celos. Se escucharon dos disparos que acabaron con la magia del evento.

Andrea llora y grita sobre el cuerpo, su vestido blanco teñido de malva, el corazón en mil pedazos. Marcos sigue caminando, se detiene y voltea. Andrea sigue hincada al lado del cuerpo. Las personas corren enloquecidas, la música sigue con su triste compás, el arma está en el suelo. La sangre sigue brotando del agujero sobre el corazón de Diego, y Andrea, que lo vio todo, sigue llorando sin remedio.

—¿Por qué, Marcos? ¿Por qué? —grita Andrea mientras le limpia la sangre de la sien y le sostiene la cabeza.

—¡Porque no pude olvidarte! —responde Marcos antes de atravesar la pared.

EN CADA PASO QUE DES

Siempre estaré ahí, princesa, en cada paso que des. La vida se ha vuelto insoportable sin ti, tan insoportable que tengo que escribir esto para calmarme mientras miro tus fotos, mientras sonríes desde una esquina de la pantalla. Pero no te preocupes, el amor siempre triunfa y, aunque aún no lo veas así, estaremos juntos de nuevo. Te buscaré para estar contigo, princesa, en cada paso que des.

He tenido tiempo de pensar y he tomado una decisión. Y mi decisión eres tú, solo tú, la dueña de todos mis momentos. Todos tenemos derecho a cambiar y quiero que esto cambie por el bien de los dos.

¿Siguen tus padres cuidándote igual? Sé que no soy perfecto, pero soy sincero y cuando digo que te amo es precisamente eso lo que siento. Aún no entiendo qué haces con él. ¡No te merece! Me pierdo entre muchos sentimientos cuando te toma de la mano y camina contigo todas las tardes, de la tienda hasta el parque, del club hasta tu casa. ¡Ah! ¡Qué preciosa te ves con ese vestido! Y ese corte, ¡ah!, ¡ese corte te queda divino!

¿Te ha hecho daño, princesa? ¡Dímelo, por favor! ¡No sé qué haría si te hiciera daño! Voy a cuidarte, quiero escuchar atentamente cada palabra que digas, aunque rompas todos los lazos y las promesas, aunque finjas diariamente tu sonrisa.

¡Ese maldito no te merece! ¡Quiere quitármelo todo y no se da cuenta de lo que puedo hacer! Y tú, ¿te has dado cuenta de esto? Yo solo quiero tenerte; yo solo quiero que estés lista para mí.

Voy a cuidarte y estaré ahí siempre, aunque algunos no lo quieran y tus sentimientos se pierdan. ¿Acaso no sabes que me perteneces?

Mis cuatro décadas no han pasado en vano y hoy, más que nunca, he decidido aprovechar el tiempo para estar contigo, en la esquina, en la ventana y en la parada del bus. Y aunque te falte crecer, y aunque la inexperiencia de tus doce años nuble tu mente, estaré contigo hoy y siempre en cada paso que des.

LA SOMBRA

—¡A descansar, a descansar, que mañana hay que estudiar! —cantó el padre de Camilo mientras lo cubría con las sábanas—. ¿Quieres que haga figuras con las sombras?

—¡No, papi! ¡No! —dijo Camilo.

—Está bien, está bien. Voy a dejar la luz encendida. Duérmete, mi amor. Mañana tienes que ir a la escuela.

—¡Quiero ver a mami! —dijo el niño haciendo pucheros.

—Yo sé que la extrañas, mi amor, pero ella está en el cielo y Papá Dios la está cuidando. ¿Te parece bonito que Papá Dios la cuide? ¿Verdad que es lindo? —dijo el padre de Camilo mientras le pellizcaba la mejilla con delicadeza.

—Sí, papi. Creo que eso es lindo, pero la extraño mucho. ¿Te puedes quedar conmigo hasta que me duerma? Tengo miedo de la sombra, papi —le respondió el niño limpiándose las lágrimas.

—Ay, Camilo. Ya te dije que no pasa nada con las sombras. Mira, estoy revisando debajo de la cama, en el armario, en la ventana. ¿Ves? ¡No hay nada, mi amor! Pero para que estés tranquilo, me quedaré contigo hasta que te duermas —le dijo el padre.

—Papi, soñé con la sombra y me dijo que voy a morir si alguien vuelve a hacer esas figuras.

—Nadie va a morir esta noche, mi amor. Debe de haber sido un mal sueño. No te preocupes. Estoy aquí y nada te va a pasar.

Camilo tardó unos minutos en dormirse entre los brazos de su padre, quien, al notarlo, le acomodó la almohada y le dio un beso en la mejilla antes de levantarse de la cama. Encendió la lámpara de la mesita de noche, una bella lámpara cuyo pedestal mostraba a un caballero andante luchando con un fiero dragón. Caminó hacia la puerta y, antes de salir, volteó para ver a su hijo. Sonriendo por verlo descansar apaciblemente, apagó la luz principal del cuarto y caminó hacia su estudio. Instantes después, una extraña sombra entró por la ventana y acarició las cortinas al ritmo del viento. Bajó por la pared y reptó hasta la cama de Camilo, serpenteando entre los juguetes. Subió por una de las paredes, aprovechando su blancura, y ahí permaneció toda la noche hasta que el reloj despertador empezó a sonar.

Camilo volvió tarde de la escuela ese día, el último del año lectivo. Cuando el bus lo dejó en la puerta, vio que lo esperaba una muchacha en lugar de su padre.

—Hola, Camilito. Soy Ingrid y te voy a cuidar hoy. Tu papi tiene que trabajar hasta tarde, pero no te preocupes, vamos a jugar y a divertirnos mucho. ¿Tienes hambre? —le dijo la joven.

—Hola. Sí, tengo mucha hambre. ¿Tú también te vas a quedar conmigo hasta que me duerma? —le dijo Camilo, acostumbrado a las niñeras.

—Claro que sí, mi amor. Yo voy a estar contigo todo el tiempo que quieras —le respondió.

La tarde transcurrió entre juegos y golosinas y la noche sorprendió a Camilo en la sala de televisión. El aparato estaba encendido y el niño se había quedado dormido en el sofá abrazando un retrato en el que su madre aparecía sonriendo, los rizos de su pelo sueltos al viento en un santuario de mariposas. Ingrid lo vio y la escena le tocó las finísimas fibras del alma, recordándole su propia realidad. Se limpió las lágrimas y cargó al niño con delicadeza. Subió las escaleras despacio, con las fotos de la madre de Camilo cuidando su ascenso.

Entró con él en la habitación y lo recostó sobre la cama. Colocó la foto de la madre del niño sobre la mesita de noche, encendió la lámpara, metió a Camilo entre las sábanas y lo besó en la frente. Se sentó y observó todas las cosas del cuarto.

—¡Sueña con tu mami, Camilito! —dijo Ingrid en voz baja, sintiendo lástima por él.

Antes de levantarse, observó las imágenes pintadas sobre el pedestal de la lámpara y vio las estrellas y espadas que la luz de esta proyectaba sobre la pared. No pudo contener el impulso y, con sus dos manos abiertas y unidas por los pulgares, formó la figura de una mariposa que agitaba sus alas con sueños de libertad.

En ese momento, sintió una mano sobre su hombro y el tacto la hizo gritar por reflejo antes de que el padre de Camilo le rompiera el cuello. El grito despertó al niño y, cuando abrió los ojos, vio con horror el rostro de su padre frente al suyo, con su boca llena de colmillos y unas enormes alas lepidópteras desdoblándose tras él, iniciando su espantosa metamorfosis. Mientras tanto, sobre la pared blanca, haciendo gestos lastimeros por los desgarradores gritos del niño, una sombra con cabello rizado no dejaba de vibrar.

OVERTOUN

Los fantasmas y los demonios existen, sí, y están aquí para quedarse. Algunos deambulan por los cementerios olvidados o vuelan apaciblemente sobre las montañas, pero otros, los que no conocen la calma, caminan sobre el puente de Overtoun.

Me llamo Ingrid Fletcher, vivo en el condado de Dumbarton y tengo dieciocho años. Tuve una infancia normal junto a mis padres, tan normal como la de cualquier chica de Dumbarton. Y esa infancia hubiera sido perfecta de no ser por la llegada de Rocky, un labrador que acaparó toda su atención. Salía a trotar con ellos cada mañana, hacía todo lo que le pedían por una galleta y los esperaba en el pórtico cuando volvían de la oficina.

Pero, a pesar de la estúpida sonrisa que siempre llevaba, Rocky era detestable para mí. Gruñía en protesta si me acercaba a mi padre y esperaba a que saliera de la casa para saltar sobre mí y ensuciarme la ropa. Me destrozaba los adornos que tenía en mi cuarto y, cuando nos sentábamos a la mesa, me arrancaba los cordones de los zapatos.

Al principio creí que era su espíritu juguetón, pero con el paso de los años descubrí que realmente me detestaba. Por eso, empecé a patearlo con fuerza cada vez que hacía una de las suyas. Lo hacía a escondidas, porque mi padre siempre lo defendía a él y me decía que era mi culpa por estar molestándolo.

—¡Déjalo tranquilo, malcriada! —me decía mientras el maldito le lamía la mano.

Le compraban comida especial y ropa que combinaba con la de ellos. ¡Ah! ¡Se miraban tan ridículos junto a ese perro estúpido!

Yo era una chica solitaria y, después de haber perdido la atención de mis padres, en mi mundo solo había espacio para unos pocos placeres: la música y mis caminatas. Disfrutaba andar los sábados por la tarde para sentir el aire fresco de esa inolvidable campiña llena de colinas y bosques de abedules. Mientras paseaba, protegido mi cuerpo con una chaqueta de cuero negro, me colocaba los audífonos blancos del reproductor y me encerraba en un mundo de lamentos al ritmo de Era y Anathema. Escuchar esas bellas canciones era como un exorcismo personal para mí, una válvula para dejar escapar mi frustración ante la negligencia de mis padres.

Me gustaba caminar hasta el pueblo y sentarme en una de las terrazas del Café Emox para disfrutar de mi música mientras veía pasar la vida frente a mí. A medio camino entre la ciudad y mi casa está el puente de Overtoun, una vieja estructura de tres arcos desde la que podían contemplarse las distantes colinas y el río Burn. Esta era mi última parada antes de volver a la aburrida realidad. Me encantaba poner los brazos sobre el borde del puente y disfrutar de la calma del lugar. No había un sitio mejor para terminar el día que ahí, sola, rodeada de bruma, sin las cantaletas de mis padres y los malditos ladridos de Rocky.

Mis caminatas fueron perfectas hasta ese viernes de noviembre. Después de dejar atrás la terraza del Café Emox, caminé tranquilamente de vuelta a casa. Llegué al puente de Overtoun a las cinco de la tarde, cuando las primeras sombras empezaban a oscurecer la campiña. Llovía un poco y eso era para mí parte del deleite en aquel lugar maravilloso.

Chapoteé sobre el asfalto, la punta de mis botas humedeciéndose con casa paso y, cuando alcancé la mitad del puente, apoyé mis manos sobre el borde para contemplar la vívida imagen de la belleza: ese campo maravilloso, las torres de algunos antiguos fuertes cortando el lienzo del cielo en la distancia, la grandeza de lo simple y la pequeñez de mi vida.

Me sentía tan cómoda que, siguiendo un impulso inexplicable, decidí sentarme sobre el borde del puente. Todo se detuvo a mi alrededor y me encontré de pronto sola con mis momentos. Escuchaba One Last Goodbye y me perdí en su letra, como si yo también quisiera dar ese último adiós a este mundo. Nunca había pensado tanto en la muerte, pero, por alguna razón, hacerlo ahí parecía natural.

Imaginé momentos sin mis padres, momentos en la nada, olvidada por muchos, recordada por pocos, caminando por el sendero del descanso eterno que creía merecerme. Sin darme cuenta, me puse de pie sobre el borde del puente, abrí el zíper de la chaqueta y me sentí poderosa y liviana, como un águila que, preparándose para emprender el vuelo, deja que el viento llene sus vigorosas alas.

Bajo el puente, el murmullo del río Burn era tan placentero que invitaba a sumergirse en las aguas, justo entre las afiladas rocas que sobresalían como montañas fluviales. Los árboles que rodeaban el puente, inmóviles unos minutos atrás, empezaron a balancearse con el ritmo de un barco perdido en una tempestad. El viento susurraba cosas, sugería cosas, me daba sus infinitas fuerzas hasta el punto en que la sensación de libertad se volvió tan deliciosa que decidí dar un paso definitivo para volar, para liberarme de aquellas inmundas cadenas.

Repentinamente, escuché un terrible sonido, el último que quería escuchar en ese momento: ¡los malditos ladridos de Rocky!

—¡Woof, woof, woof!

Sus quejidos hicieron que me diera cuenta del lugar en el que me hallaba. Los árboles retomaron su inmovilidad y las voces del viento desaparecieron. Estaba de pie sobre el borde del puente, a punto de lanzarme al vacío.

—¡Woof, woof, woof! —ladró Rocky de nuevo.

Bajé del borde y traté de cerrar el zíper de la chaqueta antes de caminar hacia Rocky.

—Ni siquiera aquí me dejas en paz, ¡perro estúpido! —le dije, pero Rocky no se movió ni me gruñó como siempre lo hacía. Siguió con su mirada fija en mi dirección y, después de unos instantes, caminó despacio hacia el centro del puente.

—¡Woof, woof, woof! —volvió a ladrar.

Solo entonces supe que no se dirigía solo a mí, ¡le ladraba a algo más que estaba sobre el puente! Me quedé viéndolo caminar hacia el centro de la estructura, mientras seguía ladrando y gruñendo.

—No vayas, estúpido —le dije, tratando de detenerlo.

—¡Woof, woof, woof! ¡Grrrrrrrrrrrrrr!

—¡Detente, detente, tonto! —le grité, con miedo.

En ese momento, el viento recordó su voz y los árboles volvieron a moverse.

—¡Woof, woof, woooof!

Esa fue la última vez que lo escuché ladrar. En instantes, puso la cola entre las patas y agachó la cabeza como si le temiera a algo que se aproximaba. Yo no sabía qué hacer porque era una situación extraña para mí. Sin embargo, un sentimiento inusual me impulsó a averiguar lo que le pasaba a ese perro estúpido que tanto me molestaba.

Rocky estaba inmóvil, en total sumisión; su nariz rozaba el concreto asfáltico sobre el cual se había formado una película de agua. Sentí deseos de patearlo para que reaccionara, como siempre lo había hecho, pero, en lugar de eso, me agaché para verlo de cerca.

Temblaba, sí, ¡Rocky temblaba con una violencia descomunal! No levantaba ni el hocico ni la cola. Fue entonces que escuché esos pasos. ¡No! ¡Fue entonces que los vi!

A unos pocos metros, observé cómo la película de agua sobre el puente se desplazaba hacia los lados bajo el peso de unos poderosos pasos. No podía ver a quien los daba, pero sí cómo el agua salía volando con cada uno de ellos. El temblor de Rocky se intensificó y empezó a retroceder al tiempo que daba unos terribles quejidos lastimeros.

—¡Cállate, estúpido! ¡No hay nada aquí! —le grité, pensando que podría entenderme.

Rocky retrocedió más en dirección al sitio donde lo había visto cuando estaba sobre el borde del puente.

—¡Cálmate, bobo! —le volví a gritar mientras la lluvia se intensificaba.

Rocky se detuvo y, después de ver hacia el lugar del que venían los pasos, me miró. En sus ojos vislumbré el significado del horror y de la desesperación. ¡En sus ojos vi el rostro de la muerte!

Fue en ese momento que Rocky corrió hacia el borde del puente.

—¡¿Qué haces, perro est...?! —alcancé a decir, pero Rocky no se detuvo y, horrorizada, lo vi saltar al vacío.

—¡No! —grité, sorprendiéndome, porque gritaba por un ser al que detestaba.

Corrí y me asomé sobre el borde un instante demasiado tarde, porque Rocky yacía destrozado sobre las piedras del río Burn.

Sentí una mezcla de sentimientos, alegría momentánea porque el maldito se había ido y tristeza por la forma en que lo había hecho. Contra todo lo que pensaba, empecé a llorar por él. La lluvia siguió cayendo, las gotas golpeando el asfalto como pequeños martillos. Lloré por Rocky y la sal de mis lágrimas se mezcló en mi boca con la dulzura de la lluvia.

Lloré por él durante unos segundos, pero el llanto fue interrumpido por sonidos que apagaban la lluvia de forma intermitente. ¡Eran los pasos!, sí, ¡aquellos pasos que había olvidado cuando Rocky saltó! Volteé despacio, con miedo, deseando encontrar una visión familiar sobre el asfalto, pero lo que vi no era de este mundo. ¡Eran aquellos pasos!, sí, pero esta vez eran muchísimos, como si de una horda invisible se tratara. La lluvia dibujaba levemente sus siluetas, altos los unos, bajos y con seis patas los otros.

Retrocedí hasta estar cerca del borde del puente mientras esas cosas seguían acercándose; los árboles tras ellos se balanceaban al ritmo de los caprichos del viento. Se me escapó la voz de los gritos que quise dar y se nubló mi vista con la repentina acidez de la lluvia. Me limpié los ojos y subí sobre el borde, preparándome para lo peor. Cerré los ojos y tensé el estómago, esperando la muerte, pero, en ese momento, escuché una voz familiar que venía de mi derecha.

¡Era mi padre! Estaba frente a mí, completamente empapado y con una correa en la mano.

Lo miré y, después, volteé hacia el centro del puente para descubrir que las siluetas de aquellas cosas terribles habían desaparecido. Sobre la estructura, completamente mojada, quedaba solo la tristeza de los años.

—¡Rocky! ¿Dónde estás, chico? —gritó mi padre, olvidándose de mí.

—¡Papá...! Rocky est... —respondí a medias.

—¡Rocky! —gritó de nuevo, visiblemente molesto.

—¡Papá...! ¡Rocky saltó del puente! —dije.

—Esa malcriada me las va a pagar por soltarlo —dijo mientras corría hacia el otro extremo del puente con la correa, silbando, llamando a su adorado Rocky.

—¡Papá! —grité con furia, molesta porque mi padre quería más a ese maldito perro que a mí.

—¡No! —gritó mi padre al asomarse desde el borde del puente, al ver lo que estaba sobre las rocas del río—. ¡¿Por qué?!

Empezó a llover de nuevo y la lluvia me trajo sus voces al tiempo que apagaba los gritos de mi padre. Estaban ahí, en el extremo opuesto del puente, estaban ahí, juntos, y me llamaban, altos los unos, ¡bajos y con seis patas los otros!

Entonces lo comprendí todo. Solo entonces vi mis ropas rasgadas y mis dedos deformados.

Los fantasmas y los demonios existen, sí, y están aquí para quedarse. Algunos deambulan por los cementerios olvidados o vuelan apaciblemente sobre las montañas, pero otros, los que no conocen la calma, caminarán por siempre, como yo, sobre el puente de Overtoun.

EL ADVERSARIO

Puse mi mano sobre su frente antes de iniciar el rito. Me miró desde lo profundo, y en sus ojos reconocí el poder de mi adversario.

—¡Dime tu nombre ahora! —le ordené.

Me miró de nuevo y, entre las sombras de su rostro, descubrí una sonrisa terrible.

No blasfemó, sino que habló con tonos familiares:

—Yo lo amaba, padre Enzo, lo amaba mucho, pero no pude soportar que usted mirara a los otros.

Entonces supe que jamás lo derrotaría, ¡entonces supe de quién se trataba!, porque solo él, solo ese poderoso adversario, podría haber hablado con la voz del acólito que se había ahorcado en mi celda.

SUGAR DADDY

—Mami, ¿quién es esa muchacha rubia que viene con don Alberto? —le preguntó Mónica a doña Berta, su mamá, mientras miraban por la ventana a una pareja que se bajaba de un Aston Martin del año antes de entrar en una mansión.

—Es la zorra que se consiguió, hija. Me contaron que tiene veinte años. Yo no sé cómo autorizan que viva gente así en este residencial. Tienen razón cuando dicen que billetera mata galán. Yo no me acostaría con ese viejo arrugado ni por todo el oro del mundo. ¡Qué asco! ¡¿Te podés imaginar?! Seguro que la zorra esa se imagina que el viejo no va a durar mucho y que heredará todo, porque creo que no tiene hijos ni parientes cercanos. Ah, pero con solo pensar en carros lujosos y en comprarse ropa linda las zorras como esa son capaces de todo. Le abren las piernas a cualquiera, sin importarles nada. Lo pueden hacer todo, ¡absolutamente todo! —respondió doña Berta antes de cerrar las cortinas.

Después de bajar del auto, el chofer ayudó don Alberto en su recorrido hacia la casa, mientras Lucía, su novia, caminaba al lado de ellos con bolsas de Chanel, Prada y Gucci. Los setenta años de don Alberto le impedían avanzar con buen paso y el chofer se esforzaba para mantener a su patrón de pie. Llegaron hasta la puerta y fue ahí donde Lucía tomó del brazo a don Alberto antes de hacerle una seña al chofer para que se largara. Don Alberto era hipertenso y había tenido tres infartos en los últimos dos años. A su edad, los doctores ya no le daban muchas esperanzas.

La puerta se cerró tras ellos y se dirigieron al sillón que dominaba la sala central. En esta había una chimenea enorme y numerosas cabezas de venados, jabalíes y pumas que don Alberto había cazado en el noroeste del país en sus mejores años. En la mesa del centro figuraban fotos de todos los caballos de don Alberto, ejemplares pura sangre que sus mozos cuidaban en las cuadras de su hacienda.

Se sentaron en el sillón y Lucía, después de poner las bolsas de compras en el suelo, sacó un pañuelo de su cartera para limpiarle las babas a don Alberto.

—Así, así, quédate sentadita ahí sin moverte —le dijo Lucía a don Alberto, quien no podía hablar—. El brujo haitiano tenía razón. ¡El rito de transformación fue un éxito! Todo está arreglado con el abogado y en la noche te voy a dar un té especial para que podás dormir para siempre, ¡perra estúpida! No te preocupés, ahora todo es cuestión de tiempo. Y yo, perra, gracias a vos, ¡tengo todo el tiempo del mundo!

Homenaje a The Skeleton Key

HOTEL CALIFORNIA

Todo indicaba que sería un viaje rutinario. William era obsesivo con muchas cosas, como con los caminos que tomaba. Vivía en su auto porque las malditas hipotecas y las apuestas habían hecho desaparecer toda posibilidad de vivienda permanente. Sí, le gustaba mucho el juego y disfrutaba conducir por la interestatal 15 hasta Las Vegas para probar su suerte con identidades compradas. Hacía esto cada vez que tenía una oportunidad; cada vez que los arrestos y las órdenes de alejamiento no lo impedían, claro está.

El presupuesto no era problema porque siempre se las arreglaba. Lo hizo así desde chico, porque con los 3.5 dólares por hora que ganaba trabajando de mesera en esa porquería de restaurante era muy poco lo que su madre podía hacer por él. Lo dejaba en el apartamento todo el día, con paquetes de comida para microondas y el control remoto, entre cajas de tampones, discos de vinilo, libros de Danielle Steel y cupones de descuentos. Y esta vez sí que se las había arreglado, pues llevaba consigo el dinero de la venta callejera de anfetaminas que, se suponía, debía entregar a su patrón.

El viaje por la interestatal 15 podía realizarse en cuatro horas exactas, un tiempo relajante para William, porque, les doy mi palabra, vivir en un auto no es lindo cuando debes estacionarte en las zonas más peligrosas de Los Ángeles.

La interestatal 15 era una carretera llena de vida, de remolques y grupos de jóvenes en convertibles con la firme decisión de pasarla bien en despedidas de soltero. Las cosas del camino siempre eran las mismas: cuatro carriles, líneas eléctricas, torres, rótulos de los mejores hoteles, pequeños restaurantes, zonas de descanso y paradas para los camioneros que circulan por el lugar. Cuando viajas solo, cuando eres como William, se agradece la familiaridad de las cosas, la certeza de lo que nos espera, pero, cuando el mismo camino se recorre por seis años seguidos, la monotonía empieza a mostrarle a uno cosas nuevas, cosas que, a pesar de las obsesiones, muestran tonalidades interesantes.

Sí, todo parecía rutinario hasta que vio el rótulo de desvío hacia una tal Ruta 33. Ya lo había visto antes, pero no había tenido el menor interés en seguir la ruta marcada porque no quería salirse de la rutina: 111 dólares de combustible en Big George's, una cajetilla de Lucky Strike y un viaje sin interrupciones hasta The Strip en Las Vegas. Pero esta vez el rótulo tenía un brillo distinto; el color verde intenso de esos dos números tres lo invitó a seguir un nuevo camino.

Cambió de carril violentamente y estuvo a punto de chocar con una camioneta Ford que viajaba por el lado derecho. Tomó la Ruta 33, el camino que iba hacia las profundidades del desierto de Mojave. Era una carretera solitaria, casi desierta de no ser por las ocasionales station wagons. En el horizonte visible, el calor producía espejismos de aire derretido que serpenteaban hasta desaparecer a medida que William se acercaba. Pensó que estaba bien salir de la rutina y que se preocuparía de su situación cuando regresara. Para entretenerse, presionó el botón del encendedor tres veces y buscó con sus dedos entre los cassettes que estaban al lado del asiento: Zeppelin, Queen, Black Sabbath, Kansas, Creedence Clearwater Revival y The Doors; tres bandas británicas y tres americanas. Después de una rápida elección, tomó el tercer cassette de las bandas americanas, porque, si alguien podía avivar su fuego, ¡ese era Jim!

En unos segundos, el encendedor saltó en su sitio y lo tomó para encender un Lucky Strike. Con el viento en la cara, Jim deleitando sus sentidos y aquel humo refrescante en los pulmones, continuó por la carretera hacia las entrañas del desierto. En la distancia, como futuristas gigantes quijotescos, un campo de turbinas eólicas le hablaba de modernidad a las misteriosas montañas de San Bernardino.

* * *

Manejó por unas veinte millas y pasó un letrero que indicaba el límite del condado. Unos minutos después llegó a un pueblo, "Veintinueve Palmeras - El Oasis Americano", según decía el letrero. Avanzó por la calle principal y observó que solo había un par de tiendas de conveniencia, una disquera con el nombre Odd Records y un edificio de dos pisos con un gran letrero amarillo y un arpa gigante que decía "Harmony Hall". Aquello le pareció a William una sorpresa afortunada dentro de su aventura, pero le llamó la atención que las calles no tuvieran nombre.

Se detuvo en una esquina para ver cómo pasaba la vida por el oasis americano. En las calles solo circulaban una camioneta roja y un Town Car negro que se estacionaron coreográficamente frente al Harmony Hall. En la esquina opuesta, William observó a unos niños chapoteando en un charco que se había formado cerca de un hidrante. Nunca había tenido amigos gracias al encierro al que lo había condenado su madre. Por eso, los juegos, las risas y la camaradería de los niños le recordaron claramente lo que nunca tuvo: una infancia normal.

* * *

Continuó avanzando por una calle que lo llevó fuera del pueblo. Jim se había callado y le tocaba el turno a Freddy Mercury, quien le hablaba a su madre sobre cómo había matado a un hombre. En el retrovisor, distantes y etéreos, se veían los últimos rayos del sol y la línea que formaban las casas de Veintinueve Palmeras. Eran las seis de la tarde y las primeras sombras empezaron a aparecer sobre el camino. Habían pasado dos semanas desde la última vez que había visitado Las Vegas. Y eso, para William, era una eternidad. Vivía para apostar, porque era como una droga para él, la droga que le ayudaba a calmar sus múltiples obsesiones, la droga que le ofrecía la posibilidad inmediata de una recompensa. Y ¿qué mejor recompensa que apostar con dinero ajeno? Por eso quería llegar, ¡para sentirse vivo de nuevo en los casinos y calles de Las Vegas, los sitios donde jamás se ponía el sol!

* * *

Llegó a Amboy, un sitio con hoteles y edificios de pocos pisos, calles de una sola vía y nada de vida en las aceras. La soledad de las calles lo hizo reflexionar nuevamente sobre el resultado del camino que había decidido tomar, una ruta entre pueblos que, aparentemente, solo eran dormitorios y museos. Y Amboy no era la excepción, pues era como una reliquia de culturas pasadas, un pueblo con una atmósfera de calma y aburrimiento que no había podido seguirle el paso a la modernidad. En esto pensaba William cuando el sonido del medidor de gasolina lo trajo de nuevo a la realidad para mostrarle que la aguja estaba llegando a la E y que era mejor comprar combustible para continuar que volver a la ruta habitual.

* * *

Bajó del auto y caminó sin tocar las divisiones de la acera. La gasolinera de Amboy estaba en el centro de la cuadra y, al lado de esta, había dos establecimientos cerrados, una fuente de sodas y una tienda de artículos para autos deportivos. Aparentemente no había nadie para atender a los clientes, por lo que William tuvo que marcar 111 dólares de combustible en la bomba de autoservicio, tres veces uno porque así tenía que ser. Mientras pensaba en la rareza del lugar, vio que se acercaba una señora de unos cincuenta años con cara de pocos amigos y un overol de mezclilla. William la saludó, pero la señora solo se acercó para tomar el dinero por la compra del combustible y, al hacerlo, lo miró con una expresión de desconfianza profunda. Parecía que a los pueblerinos no les gustaban los extraños, algo raro pues en la gasolinera había un cuadro que describía Amboy como la locación de algunas películas y la última parada amigable de los viajeros antes de internarse en el desierto.

* * *

Después de Amboy, William continuó por la carretera. Era de noche y el camino seguía solitario, interminable y tedioso. Como siempre lo hacía, manejó por el centro del carril, evitando tocar la línea amarilla y el borde del mismo, cosa que era inaceptable para él. También contaba los postes de tres en tres, y cuando llegaba a veintisiete volvía a empezar la cuenta. El aire del desierto era pesado e incómodo, difícil de respirar. Era como si llevara consigo el aliento y las penas de los viajeros que habían transitado una vez por la ruta. Lo llenaba todo con el terrible olor del olvido y el abandono.

William sabía que debía haber tomado su camino habitual para no sufrir las desventuras de un atajo que apareció interesante al inicio, pero que, con el paso de los kilómetros, se convirtió en una pesadilla. Estaba ansioso y cansado, apesadumbrado por la rareza de la ruta, preocupado por la falta eventual de un poste para completar su cuenta de tres. Para calmarse, decidió encender una colita antes de volverse loco. Y así siguió su camino, con el cabello volando al ritmo del viento y la música de Zeppelin por compañía. En esos momentos, William se sintió como si ascendiera por esa magnífica escalera al cielo. Pero lo que en realidad deseaba era que esa escalera lo sacara de ahí. La cabeza empezó a dolerle y su vista comenzó a nublarse con el paso de los minutos; era el efecto de la droga cediendo con el avance. Fue entonces que William decidió que debía parar por esa noche, porque la ansiedad y la obsesión lo estaban matando.

Pudo ver algo en la distancia, sí, una luz que parpadeaba. Había un rótulo que no se leía muy bien. Siguió avanzando hasta que pudo leerlo; era un rótulo ovalado rodeado de muchas bujías. Solo dos estaban encendidas y permitían ver, con dificultad, el nombre del lugar. Estaba lleno de disparos y de óxido, pero se podía leer: «Hotel California - 15 millas».

* * *

Manejó por treinta minutos; los postes cada vez eran más escasos y las líneas de la carretera habían ido desapareciendo gradualmente. Pensó que una cama no le vendría mal. Después de todo, conducir de noche por aquel lugar en el que no se podían contar bien los postes era una pesadilla.

* * *

William escuchó doce campanadas en la lejanía.

Diiin, diiin, diiin, diiin, diiin, diiin, diiin, diiin, diiin, diiin, diiin, diiin...

Venían desde las profundidades del desierto y le hicieron preguntarse si también existían los espejismos auditivos. En ese momento, una figura lo sorprendió. Había alguien en la puerta, pero solo podía ver su silueta. La persona encendió una vela y William pudo ver de quién se trataba. Era una chica, sí, ¡una chica! Pensó otra vez que una cama no le vendría nada mal, especialmente si la podía compartir con esa chica. Las cosas empezaban a ponerse interesantes después de todo.

* * *

—¡Buenas noches! Estoy de paso, linda y quería saber si tenían cuartos disponibles para una noche —le dijo William.

—¡Bienvenido al Hotel California, señor! Claro que sí. Sígame, por favor —respondió la chica.

—¿Cómo te llamas? —le preguntó William, mirándole los pechos.

—¿Cuántas noches se quedará con nosotros, señor? —le respondió ella, levantando la vela a la altura de su cara.

—Es un lindo collar ese que llevas —le dijo William.

—¿Cuántas noches se quedará con nosotros, señor? —preguntó ella.

—Solo una. No te preocupes, no te voy a quitar mucho tiempo, preciosa. ¿Eres la encargada?

—Es por aquí. Sígame, por favor —dijo la chica mientras lo guiaba por una sala y un pasillo.

William llevaba una pequeña maleta con su ropa y el dinero. Mientras la seguía, se deleitó con el ritmo de las caderas de la chica, lo único que le importaba reconocer entre las sombras. Pero había algo más. Había un sonido que parecía venir del otro lado de las puertas del pasillo.

—...do.

—...ido.

—...nido.

—...venido.

—¡Bienvenido! —escuchó William.

—¿Están llenos hoy, parece? —dijo William—. ¿Qué pasa con la electricidad?

—Es aquí, señor. Estas son sus llaves. Disfrute su estadía —dijo la chica levantando nuevamente la vela a la altura de su cara.

—Gracias, linda, veo que tienes prisa. Pero aún no me has dicho tu nombre. Es un lindo collar ese que llevas —le dijo William, recordando los gustos de su madre por las joyas extravagantes y baratas.

—¡Que tenga una linda noche, señor! El desayuno se sirve desde las cinco en el salón que está frente a la terraza —le respondió.

—Espera, ¡ven acá! ¡No te va a pasar nada! ¡Vamos a pasarla bien! —le dijo William, poniendo la maleta en el piso del cuarto y tomándola del brazo.

—No, señor, por favor. ¡Podrían verlo mis amigos! Buenas noches —dijo ella, librándose de él para después correr por el pasillo.

—¿Tus amigos? Pero... —dijo William, su frase cortada por la repentina huida de la chica—. Espera, ¡tengo dinero!

La chica detuvo su paso cuando escuchó lo que William le decía. Volteó y regresó lentamente, su belleza llenando de gracia el pasillo.

—¿Dinero? Parece que hoy es su día de suerte, señor. ¿De cuánto estamos hablando? —le dijo, pasando la mano de forma sugerente por el dorado collar que traía y que relucía con la luz de la vela.

—¡Doscientos dólares! —le dijo William, orgulloso de su oferta.

—No es suficiente. Buenas noches —dijo ella, dándose la vuelta y huyendo por segunda vez.

William no pudo soportarlo. Siguió a la chica por el pasillo, a oscuras, dando saltos para tratar de no pisar las rayas que dividían cada pieza de cerámica y que apenas podían distinguirse; tocó la puerta tres veces antes de abrirla y fue hasta la sala donde la chica lo había recibido. Siguió por un corredor que lo llevó hasta una cafetería iluminada por algunas velas, pero la chica no estaba por ningún lado. Repentinamente, William escuchó voces y una música que venía de un patio cercano. Golpeó tres veces el piso con su pie izquierdo y avanzó dando saltos, porque el piso era totalmente irregular. Llegó hasta el patio y, entonces, los vio bailar a la luz de la luna.

Se movían con destreza formando un círculo alrededor de la chica, bailaban al ritmo de una extraña canción infantil. Eran unos jóvenes bellísimos, vestidos todos con camisas blancas, pantalones de mezclilla y moños por corbatas. Hacía calor y sus espaldas estaban llenas de sudor.

¡Da la vuelta y canta y vuelve a bailar!
No tenemos tiempo para recordar.
Canta aquí en el patio y vuelve a bailar.
Los niños que cantan hoy van a ganar,
pero a los que pierdan los van a olvidar.
¡A la bestia horrible todos a atacar!
Baila, canta siempre y vuelve a bailar.
Las bestias temibles nos quieren matar.
Algunos bailamos para recordar.

Los niños que cantan hoy van a ganar,
¡pero a los que lloran se los comerán!

—Aquí estás, linda. ¿Por qué te fuiste tan rápido? No me dejaste hablar. Tengo más dinero —dijo William ignorando a los jóvenes y dirigiéndose a la muchacha.

—¡Bienvenido! —dijeron ellos a coro.

—Ellos son mis amigos, señor. Venga conmigo, hablemos —dijo la chica, tomando del brazo a William y llevándolo a la terraza.

—¿Cuánto dinero quieres por pasar la noche conmigo? —le dijo William mientras se sentaban.

—¿La está pasando bien en el hotel? —respondió ella.

—Pues la pasaría mejor si fueras conmigo a la habitación. ¿Cuánto quieres? —le preguntó.

—Jugué un rato con mis amigos para darle tiempo a usted, señor. Puede irse ahora si quiere o quedarse y jugar conmigo. Ellos me sugirieron la cantidad. Quiero trescientos treinta y tres dólares —le respondió.

William escuchó la cantidad con atención; la voz de la muchacha y la cifra lo cautivaron por completo. Qué más daba si el dinero no era suyo. Podía hacer lo que quisiera.

—Hecho —le respondió, tomándola del brazo.

—Espere, no quiero dejar plantados a mis amigos. Déjeme ir a hablar con ellos. Volveré enseguida —dijo la chica.

Se levantó de la silla y fue nuevamente hacia el círculo que formaban los jóvenes en el patio. Habló con ellos por un rato y en instantes los chicos volvieron a bailar y a cantar aquella extraña canción:

¡Da la vuelta y canta y vuelve a bailar!

—¡Vamos! —dijo la chica tomando unas velas que estaban en una mesa.

William la siguió con júbilo, perdido en la belleza de la joven, en la dulzura de su rostro y en la sensualidad de su cuerpo. Este era el tipo de viaje que quería. Parecía que, finalmente, la Ruta 33 estaba dando los frutos deseados.

Llegaron a la habitación que la chica le había enseñado a William. Ella entró primero y vio cómo William se quedaba parado y tocaba tres veces el marco de la puerta. La chica se sentó en la cama, puso la vela en la mesa de noche y, tocando tres veces las sábanas, le indicó a William que se sentara junto a ella. William obedeció y, mientras caminaba hacia la cama, se quitó la camisa. Se sentó junto a la chica y la observó detenidamente. Era muy bella. Tenía unos ojos grandes y el cabello ondulado, que le caía perfectamente hasta los hombros. El brillo de su sonrisa se mezclaba con los destellos de sus ojos. Llevaba puesto un traje de lino blanco con un cuello en v que servía de marco divisor para la perfección y simetría de sus pechos.

William quiso recostar a la chica para subirse encima, pero ella lo detuvo delicadamente poniendo la mano en su pecho desnudo.

—Espera. Despacio. Con calma. Dame el dinero.

William se levantó y fue hacia la maleta. Sacó tres billetes de cien dólares y un puñado de billetes sueltos que contó rápidamente, de tres en tres.

—Aquí está.

—Gracias —dijo la chica mientras ponía el dinero en la mesa de noche, junto a la vela.

Se acercó a William con sensualidad felina mientras se abría el zipper del vestido. Le acarició la cara y se sentó sobre él, levantándose el vestido mientras lo hacía, dando a William la oportunidad de explorar la porcelana de sus largas piernas y la suavidad de sus magníficas caderas. Con sus manos, presionando suavemente, la chica hizo que William se acostara. Mientras lo besaba en el cuello y marcaba un húmedo camino con su lengua, que descendía rápidamente, William se dio cuenta de que sobre ellos había un espejo. La chica se movía deliciosamente, como una profesional. En el espejo, William pudo ver cómo le bajaba los pantalones y lo enviaba al cielo en segundos.

Loco de placer, se tomó el cabello con las dos manos y cerró sus ojos, las imágenes del camino, el rótulo de la Ruta 33 y el rostro de la chica mezclándose en una extraña película mental. Cuando los abrió, vio en el espejo que la chica estaba desnuda y eso lo excitó tanto que le dio la vuelta para ponerla boca abajo. Le puso una mano entre las piernas y con la otra le sujetó las manos, presionándolas con fuerza. La embistió con furia, como lo haría un animal. Mientras lo hacía, recordó cómo lo habían violado a él la primera noche que durmió en el centro de detención juvenil al que lo habían enviado por atacar a su madre. William no se detuvo a pesar de los ruegos de la joven. No pudo controlarse, y en un par de minutos todo había acabado.

Se levantó de la cama y agarró la camisa que estaba en el piso para limpiarse. Sacó la cajetilla de Lucky Strike y le ofreció uno a la chica mientras se colocaba otro en la boca. Del bolsillo del pantalón tomó el encendedor Zippo plateado que había comprado en Los Ángeles.

—Espera, no hemos terminado —le dijo William, mientras la chica se ponía el vestido y tomaba el dinero.

—¡Terminamos! —dijo ella mientras pasaba a su lado.

—¡Espera! Te pagué bien. ¿Me vas a dejar así? —dijo William tomándola del brazo.

—¡Suélteme, señor! ¡Lo verán mis amigos! Puede irse ahora si quiere, ¡adiós! ¡El desayuno se sirve desde las cinco en la terraza!

—Me importan un carajo tus amigos, perra. ¡Te pagué bien! ¡No te puedes ir! —dijo William mientras miraba cómo la chica se alejaba por el pasillo.

La siguió nuevamente, dando saltos sobre la cerámica. Tocó la puerta tres veces antes de abrirla y, para su sorpresa, se topó de frente con un hombre alto y fornido que vestía de saco, corbata y guantes blancos. En su mano izquierda tenía un candelabro plateado y en el antebrazo derecho llevaba una servilleta de tela, como lo hacen los meseros en los sitios elegantes.

—¿Puedo ayudarle, señor? —le preguntó el hombre.

—¿Y la chica? —le dijo William.

—Tiffany se ha retirado a sus habitaciones, señor. Ya terminó su turno —respondió el hombre, sonriendo.

—Así que es Tiffany. Okey. Bueno. Tengo que verla. Necesito hablar con ella —dijo William.

—No será posible, señor —respondió el hombre—. Ella está indispuesta.

—Tengo que verla. ¡Apártese, por favor! —gritó William.

—No será posible, señor —dijo el hombre nuevamente, colocándose directamente frente a William para obstruir el paso.

—¡Maldito pedazo de mierda! Si no te apartas voy a... —dijo William, con la macabra mirada del hombre y su gran estatura imponiéndose frente a él.

—No será posible, señor —repitió el hombre, sonriendo.

—¡Está bien! ¡Está bien! No sé qué es lo que pasa aquí, pero, si la ve, dígale que hablaré con ella en la mañana. Tenemos un asunto pendiente —le dijo.

—¿Se le ofrece algo más, señor? Parece que está cansado. ¿Puedo traerle algo de tomar? —le preguntó el hombre.

—¡No! No quiero nada.

—¿Una bebida, quizás? Tenemos una buena selección.

—Bien. ¡Qué más da! Tráigame una botella de vino al cuarto. Espero que por lo menos eso puedan hacer bien en este hotel.

—Lo siento, señor, pero dejamos de servir vino en 1969. Al dueño no le parecía una bebida digna de nuestros huéspedes. ¿Champán rosado, quizás?

—Debí suponerlo. Están todos locos en este hotel. Está bien, pero tráigalo rápido —dijo William.

El hombre alto se retiró haciendo una reverencia y volvió en segundos con un carrito en el que estaba una cubeta plateada con una botella dentro. También llevaba unas velas para William.

—¡Que disfrute, señor! El desayuno se sirve desde las cinco en el salón que está frente a la terraza.

William se encerró en su habitación y contó tres veces el dinero de la maleta. Abrió la botella de champán y se sirvió una copa, y el líquido burbujeante inundó de luces el cuarto. Estaba delicioso y chispeante, tanto que le provocó un mariposeo inesperado en el estómago. Se acostó en la cama y miró hacia arriba. Ahí, en el espejo, vio la viva imagen del cansancio y de la frustración justo antes de quedarse dormido.

Un grito lo despertó de repente. Se incorporó con dificultad, con la resaca del champán causando estallidos en su cabeza y sequedad en la boca. Miró la hora y notó que eran las 4:50 a. m. Tocó tres veces el piso con su pie, se levantó y fue al baño. En el espejo vio las marcas de una noche terrible. Se lavó la cara y tomó un poco de agua. Los gritos continuaron, pero esta vez se escuchaban cercanos, al otro lado del pasillo. Extrañado, tocó la puerta tres veces antes de abrirla y sacó la cabeza para observar. No había nadie, pero los gritos continuaban. Avanzó descalzo hacia la sala, mientras se ponía la camisa. Los gritos se oyeron más fuertes y el sol no aparecía aún. Llegó a la terraza y notó que el ruido venía del salón que estaba al frente.

—Maldita sea, ¿es que nadie trabaja aquí? ¡Callen a esa mujer, por Dios! ¡Hay personas que desean dormir!

William se acercó a la puerta, tomó la manija y la giró. La habitación estaba a oscuras y los gritos se escuchaban venir desde el fondo de la misma. Caminó entre las sombras, incómodo por no poder ver dónde estaban las rayas de la cerámica. De pronto, alguien encendió unas velas a ambos lados de la habitación. Lo que William vio lo dejó inmóvil, ¡suspendido en un momento eterno de locura!

En el cuarto había una mesa grande y sobre ella estaba Tiffany, la chica de la noche anterior. Estaba ahí, sentada sobre la mesa con las piernas abiertas y su vestido de lino ensangrentado. Gritaba de dolor, pero no estaba sola. Alrededor de ella estaban los chicos lindos que había visto bailar en el patio la noche anterior. Le agarraban las manos, le daban palmaditas en la espalda y acariciaban su pelo instándola a continuar.

—¡Vamos, Tiffany! ¡Ya casi lo logras, preciosa! —le decían.

William estaba parado en el medio del cuarto, estupefacto ante lo que sucedía frente a él. Unos segundos después, Tiffany empezó a gritar con verdadera desesperación.

—¡Vamos, Tiffany! —dijeron los jóvenes.

William se acercó para tratar de ayudar a la joven, pero no pudo avanzar mucho pues, en ese momento, Tiffany lanzó un alarido descomunal. La mesa se cubrió con una película de sangre y, ante la atónita mirada de William, Tiffany dio a luz. Ahí, sobre la mesa, quedó tirado el bebé con el cordón umbilical enrollado completamente en su cuello. Su piel tenía tonos azules, blancos y rojos, gracias a la mezcla de la sangre y los líquidos vaginales.

William no sabía qué hacer. Estaba petrificado, su mirada fija en el niño que acababa de nacer.

—¡No es posible! ¡No! —decía William para sí—. Entonces estaba...

Uno de los jóvenes que asistía a Tiffany cortó rápidamente el cordón umbilical con unas tijeras que tenía preparadas y, ante la sorpresa de William, lo engulló entero; la sangre chorreaba por las orillas de su boca. Los otros jóvenes se acercaron al bebé, armados todos con grandes cuchillos. El llanto del niño fue como un switch para ellos, pues empezaron a apuñalarlo sin piedad, los sonidos de la carne cortada mezclándose con el llanto desgarrador del niño y la voz de Tiffany, quien tenía fruición al contemplar la escena.

—¡Nooooo! —dijo William demasiado tarde, casi sin aire, mientras las palabras luchaban por salir de su boca.

Los bellos jóvenes empezaron a cortar trozos del niño para devorarlos como animales hambrientos.

—¡Maldita bestia! No nos dañarás. ¡Y a los que lloran se los comerán! —dijeron los jóvenes, sus ojos desorbitados, presos de aquella gula infernal.

—¡Malditos! —dijo William—. ¡Malditos sean todos ustedes! ¡Voy a matarlos!

En ese momento, los jóvenes dejaron de comer. Voltearon y se acercaron a William blandiendo aquellos enormes cuchillos mientras, a sus espaldas, se escuchaba aún la estridente risa de Tiffany.

—¡Y a los que lloran se los comerán! —dijeron los jóvenes al tiempo que se acercaban y rodeaban a William.

Lleno de miedo, con la imagen del niño destrozado en su mente, William intentó huir, pero chocó con el hombre alto que le había servido el champán la noche anterior.

—¿Se marcha tan pronto, señor? —le preguntó.

Con un esfuerzo impulsado por la adrenalina, William lo apartó de un empujón y salió por la puerta del salón. De la terraza llegó al pasillo y brincó para no tocar las rayas del piso. Llegó al cuarto y tomó la maleta con el dinero. Salió corriendo de la habitación y, al abrir la puerta que daba a la sala, vio que lo esperaban aquellos jóvenes con cuchillos. El hombre alto estaba ahí también y se había parado frente a la puerta principal, obstruyéndola. Su rostro había cambiado y sus manos estaban cubiertas por un extraño pelaje. William volvió al pasillo y probó una de las puertas de las habitaciones, pero esta conducía a otro pasillo con tres puertas. Abrió una de ellas y llegó a un nuevo pasillo con tres puertas más. El tiempo voló para él como había esperado que lo hiciera en Las Vegas. Siguió abriendo puertas hasta que encontró un pasillo que tenía seis puertas a cada lado. El miedo lo hizo contarlas por instinto: tres más tres, seis. Abrió la última puerta y llegó a un cuarto. Cerró la puerta por dentro y aguardó. Unos segundos después escuchó voces en el pasillo y, en instantes, vio cómo algo con la fuerza de un toro daba golpes a la puerta hasta que estuvo a punto de destrozarla.

—¿Se marcha tan pronto, señor? —le preguntó la voz y William la reconoció al instante—. ¿No quiere disfrutar a su hijo?

—¡Noooo! ¡No puede ser! —dijo William, preguntándose cómo ese niño podía ser suyo.

—¿Se marcha tan pronto, señor? Son las cinco. El desayuno está servido —dijo la voz mientras quien la emitía daba golpes horribles en la puerta hasta destrozarla por completo.

En ese momento entraron los seis jóvenes con los cuchillos, seguidos de una terrible bestia cuadrúpeda con un pelaje tosco y colmillos feroces. ¡Sus caras estaban manchadas con sangre, la sangre del hijo de William! ¡El hijo que se acababan de comer! Sintiéndose perdido, acorralado, William se agazapó en un rincón y se cubrió instintivamente con la maleta, esperando la puñalada o el mordisco final. Cerró los ojos y tensó el estómago, esperando su muerte, vencido, sin valor. ¡Pero no pasó nada!

El silencio lo rodeó y, lentamente, con el miedo en sus entrañas todavía, abrió los ojos. Estaba frente al volante de su auto, estacionado frente al letrero del Hotel California, con las llaves puestas. William encendió el auto rápidamente y aceleró a fondo, alejándose de aquel terrible lugar. Manejó por el centro del carril, como debía ser, y buscó por costumbre un cassette al lado del asiento. Tomó el tercero de la derecha y lo colocó en el reproductor. Eran The Animals con The House of the Rising Sun. Siguió manejando, contando los postes para calmarse, y, cuando la música acabó, tomó otro cassette. Para su sorpresa, una extraña canción empezó a sonar mientras avanzaba, sus versos finales indicándole su destino.

Todos somos prisioneros, porque lo quisimos así...

Puedes salir cuando quieras, pero jamás te podrás ir.

Fue en ese momento que William, que había manejado por varias horas, lo vio.

Era el mismo rótulo ovalado: «Hotel California - 15 millas».

Danilo Rayo

DUENDES EN LA VENTANA

Están ahí, tiran piedras y me llaman; acarician con golpes los cristales preciosos de mi pobre ventana. Su voz es profunda, como la voz del monte en las mañanas. Un susurro del viento me dice sus nombres y el sonido de sus piedras rememora las palabras de mi nana. Me quieren llevar a su lugar, allá, tras la llanura y bajo el valle, a esos parajes sin retorno, al sendero que se interna en la montaña, bajo el eterno brillo de la estrella y de la luna, por el interminable camino de las hojas secas que tanto temo recorrer.

Ahora estoy fuera de casa y, caminando despacio, sigo hileras de flores estelianas. El Tomabú se alza ante mis ojos y su enormidad consume mi simpleza. Allá, desde la cueva, en las sombras, una pequeña mano sobresale entre la niebla. Presurosa me indica que la siga, y yo, sin más remedio, abandonado por el buen espíritu del bosque, obedezco y me interno en los confines del alma. Me voy con ellos porque a ellos pertenezco, porque la eternidad es solo un momento en esa casa, la casa con paredes llenas de manos pintadas.

Así me pierdo y me encuentro, me voy y regreso; me convierto sin pensarlo en un eterno ser sin alma. Dicen palabras raras, no encuentro al que las dice, me rodean las sombras y unas risas cercanas, unas garras me tocan y siento ahí sus pisadas; trato de huir y corren como fieras desatadas y siento, temeroso, sus manos en mi espalda. Llega el momento clave y espero la estocada, acepto estar perdido y así encomiendo el alma, pero a veces hay cosas que solo sabe el alba. Me sorprenden los gallos que cantan de mañana, los gritos de mi madre en la cocina, el mugido del toro en la sabana, la bella voz de la vecina, la dureza familiar de aquella cama y una visión sorprendente, una escena impensable que me extraña: ¡alguien ha roto con piedras el precioso cristal de mi ventana!

Danilo Rayo

NOCHE DE GLORIA

—¿**S**u boleto, por favor? —le dijo Gloria al primero de la fila en la Montaña de los Gritos.

Otra vez había llegado tarde al trabajo. Su jefe le había reclamado el retraso porque ya se había formado una fila considerable y no tenía operarios de reemplazo.

—¡Que sea la última vez, muchachita! —le había dicho como muchas otras veces—. Y ahora, ¿qué diablos pasó?

«¡Cinco!».

El jefe de Gloria ya estaba harto de excusas. Algunas veces le había dicho que no había podido tomar el bus. Otras, que su madre estaba enferma o que no tenía con quien dejar a Julito. Había contratado a Gloria porque su madre, que era profesora de sus hijos, se lo había pedido como favor. No la aceptaban en ningún trabajo porque era incapaz de cumplir un horario. Descuidaba su imagen y afirmaba que veía cosas extrañas y que escuchaba voces en las paredes.

Todas las noches era lo mismo, pero esa noche fue diferente.

—¿Su boleto, por favor? —repitió Gloria cuatro veces más, dejando pasar a igual número de personas antes de colocar la cadena.

La gente de la fila empezó a quejarse, pero a ella no le importó. Volteó lentamente y le hizo una señal al controlador de la Montaña

82

de los Gritos. A medida que la atracción empezaba a moverse, se alejó del sitio y caminó hacia la salida.

—¿Qué demonios crees que estás haciendo, estúpida? —la increpó su jefe, parándose frente a ella—. ¡Subiste a unos cuantos y dejaste a toda esa gente fuera, retrasada!

—¡Cinco! —respondió Gloria, sonriendo mientras se empezaban a escuchar los gritos y los sonidos de los carros desprendiéndose—. ¡Él solo me pidió cinco almas!

AQUELLA NOCHE EN SALEM

El verdugo colocó la soga alrededor del cuello de la mujer que se hallaba sobre el cadalso. Frente a ella, el juez Jonathan Corwin, acompañado por el reverendo Nicholas Noyes, leía la sentencia. El juez no podía evitar la incomodidad por semejante lectura, y el reverendo, que había participado en todo el proceso, apretaba la Biblia contra su pecho para no perder la compostura. Era el 10 de octubre de 1692 en Salem, Massachusetts, una noche de fuego, cuerdas y sombras.

—¡No! ¡Soy inocente! ¡Soy inocente! Fue Mary Bradbury, sí, ¡fue ella! La vi bailando en un claro del bosque. ¡La vi copulando con un macho cabrío! ¡Es una trampa! ¡Sálvame, padre! ¡Por Dios, sálvame! —gritó Elizabeth, la hija del juez Jonathan Corwin.

—Witch! Witch! Witch! —gritaba parte de la multitud.

—Injustice! Lies! Lies! —gritaban otros.

—Por la gracia de Dios y su hijo Jesucristo, quienes con su poder pretenden librar a Salem de la presencia del Diablo y de sus servidoras, condeno a esta mujer, Elizabeth Corwin, a morir colgada en este día. ¡Que nuestro señor se encargue de su alma perdida! ¡Que nuestro señor y su justicia se lleven a esta mujer! ¡Me avergüenzo de haber sido su padre algún día y la condeno eternamente al olvido! —dijo el juez Corwin.

—Witch! Witch! Witch!

—Injustice! Lies! Lies!

—¡No! ¡Soy inocente! ¡Fue Mary Bradbury! ¡Padre! ¡Nooo! ¡Padre! ¡Pad...! —dijo Elizabeth en el momento en que el juez daba la señal al verdugo.

Se abrió una compuerta bajo los pies de Elizabeth y el repentino tirón le rompió el cuello. Su cuerpo se movió como un péndulo macabro ante las antorchas y los ojos de los presentes, familiares los unos, mirones y chismosos los otros.

El juez Corwin no quiso quedarse a la siguiente ejecución y encomendó su realización al juez Norris. Antes de marcharse, besó la mano del reverendo Noyes y descendió lentamente del cadalso. Estaba muy cansado después de todo el proceso. Cabizbajo, atravesó la multitud entre aplausos de los más conservadores y los gritos de su propia familia. Era una noche de fuego, cuerdas y sombras.

Continuó caminando y, en pocos minutos, alcanzó las últimas casas del pueblo. Salió del sendero, se adentró en el bosque y recogió la escoba que había dejado al lado de un árbol. Caminó hasta el claro, pronunció el conjuro y, con júbilo, vio cómo la máscara de piel y las ropas del juez Corwin caían a sus pies.

Aquella noche, en Salem, lo último que los asistentes a las ejecuciones escucharon fue la risa estridente de una mujer que, elevándose desde el claro del bosque, empezaba a gozar su libertad.

EL ÚLTIMO DESEO

Una enfermedad horrible la destruyó por dentro. Le secó el estómago y creo que también el alma. Era mi todo y había sido una santa toda su vida. Al menos eso era lo que decían sus hermanas y sus amigas.

Moribunda, en la cama de su cuarto, con la cobija hasta el cuello, como queriendo esconderse de algo, la encontré ese día, el último de los suyos y el más largo de los míos. Le dije que la amaba con todo mi corazón y que le agradecía todas sus enseñanzas, pero mis palabras no parecieron importarle. Tenía su mirada fija en la entrada, como si viera algo que yo no podía. La Galita, su perra shar pei y eterna compañera, se incorporó rápidamente y le ladró dos veces a la puerta. Yo no entendía nada y le seguí diciendo que la quería y que le pedía que disculpara todas mis errores de hija. Ella continuaba mirando fijamente hacia la puerta, sus ojos abiertos y llenos de pánico, su frente sudando profusamente.

—Mamá, ¿qué te pasa? —le pregunté.

No me respondió, sino que con su dedo índice señaló la puerta antes de empezar a llorar como una niña.

—Mamá, ¿qué te pasa? Decime qué es lo que querés y yo lo hago —le dije, desesperada, mientras el llanto y la preocupación me tomaban por sorpresa.

Se estremeció y su pecho empezó a moverse como lo hacen los peces fuera del agua, como recordando trozos siniestros del pasado.

—Decime qué es lo que querés y yo lo hago —insistí.

Su pecho se llenó de aire, como queriendo reunir fuerzas de donde no las había. Entonces me miró y en sus ojos vi setenta años de remordimientos y la certeza de su muerte antes de oír, para mi sorpresa, sus últimas y fatales palabras: «Decile a ese hombre con cuernos que ya no me llame y se quite de la puerta».

RUIDOS

Escuché ruidos que parecían venir del armario, ruidos de arañazos o cosas parecidas. Quise llamar a mi padre, el héroe invencible que peleaba todas mis batallas.

—Papá —susurré, mientras trataba de sacar la voz que se había quedado atrapada.

—¡Papá! —grité, con la fuerza de un volcán que quiere explotar y no puede.

No obtuve respuesta y los ruidos aumentaron, tanto que pude escuchar un gruñido muy claro, el sonido de algo terrible que empezaba a destrozar la puerta del armario.

—¡¡Papá!! —grité con todas mis fuerzas, desesperado, pero solo me respondió la nada.

Después de unos momentos, mi corazón se detuvo al escuchar una voz en el armario. Era la inconfundible voz de mi padre, sus tonos cambiados por un extraño filtro y por los ecos.

Fue la última vez que lo escuché y lo que pronunció me heló la sangre: «Corre, ¡maldita sea! ¡Ya no puedo contenerlo! ¡Corre! ¡Esta noche hay luna llena!».

UNO MÁS

Sentado en la terraza del Café Pallais, un hombre disfruta de la última tostada. Bebe agua, se ajusta los lentes, observa a los otros clientes y analiza la peculiaridad de su vida. Suspira y se resigna. La mesera trae la cuenta que el hombre pidió unos minutos antes.

—¡Gracias! —dice el hombre y la mesera le sonríe.

Frente al hombre, en su propio mundo, está sentado un niño que juega con un muñeco de trapo.

—Llegó la hora. Debemos irnos, Marco. ¿Terminaste? —pregunta el hombre.

—Un momento, amo, ¡solo uno más y morirá! —responde el niño mientras le clava al muñeco el último alfiler.

Danilo Rayo

LA MALDICIÓN

Miguelito, el hijo de don Diego, murió ahogado en la bañera de su casa cuando solo tenía tres años. Era un niño cariñoso y juguetón, la luz de la vida de sus padres y de sus familiares. No fue una muerte accidental, pues fue víctima de la furia de una empleada doméstica que, según la versión oficial, se enamoró de don Diego y no fue correspondida.

La mujer fue condenada a morir en la horca, pues en esos días aún existía la pena capital. Don Diego y su esposa estuvieron presentes en la ejecución. La empleada, que se llamaba Alicia, miró a sus antiguos patrones con un semblante que solo mostraba satisfacción por el horrible hecho cometido. Don Diego y su esposa no pudieron contener sus lágrimas al ver a Alicia riéndose a carcajadas mientras le colocaban la cuerda alrededor del cuello.

—Lo amo, don Diego, lo amaré por siempre, ya va a ver cómo usted también me va a amar para siempre. Ya no tiene hijos, yo le hice ese favor. Deje a esa mujer vieja y sálveme —gritó.

Don Diego bajó la cabeza y también sintió ganas de morir, pues la vida ya había terminado para él.

El juez subió al cadalso junto con el padre Alonso, el sacerdote local. Este último acercó una Biblia a los labios de Alicia y le pidió que la besara y que se arrepintiera de sus pecados. Alicia escupió en la Biblia y le gritó algo al sacerdote en un idioma incomprensible. El juez la abofeteó y le preguntó si tenía algo que decir. Ella se rio con una sonrisa quebrada y un poco de sangre saliendo de la comisura de sus labios. Volteó hacia donde estaban don Diego y su esposa y gritó con una voz de volcán mientras se le ponían los ojos en blanco.

—Los maldigo para siempre, bajo el cielo, sobre las montañas verdes. Nunca estarán tranquilos y nunca se librarán de mí. Deseo que el Diablo me reciba y me ayude a deshacerme de ustedes. Deseo que el Diablo, mi señor, los maldiga para siempre, bajo el cielo, sobre las montañas verdes, bajo el cielo, sobre las montañas verdes, bajo el cielo y sobre las montañas verdes, dentro y fuera del Infierno.

El juez dio la orden final y la trampa bajo los pies de Alicia se abrió. Su cuerpo cayó y el fuerte tirón le rompió el cuello. El cuerpo fue envuelto en sábanas y retirado por los guardias del juzgado. Ese fue su fin.

La vida jamás volvió a ser igual para don Diego y su esposa. A diario visitaban el cuarto de Miguelito, donde se acurrucaban para llorar en el piso. Lo habían pintado con colores pastel y habían puesto unas lindas pinturas de animales en cada pared. Con el tiempo, el cuarto de Miguelito se mantuvo intacto, como en el día en que murió. Don Diego decidió sellarlo para siempre y su mujer asintió, tratando de olvidar, tratando de borrar de su memoria lo imborrable.

Cada noche pasaba lo mismo. Don Diego se acostaba junto a su esposa y, exactamente a las tres de la mañana, escuchaba un llanto infantil. Al principio, don Diego creía que era un gato pequeño o algo parecido, pero la frecuencia del llanto y la puntual repetición del mismo lo hicieron dudar. Pensó que el recuerdo de su hijo muerto le podía estar ocasionando pesadillas.

Una noche, a la misma hora, el llanto llenó nuevamente de pesadumbre los espacios de la casa. Don Diego despertó y comprobó que su mujer estaba dormida. Se levantó de la cama y fue lentamente hacia la puerta de su cuarto. Tomó la manija de la puerta, pero tuvo que soltarla inmediatamente, pues estaba tan fría que le quemó las manos, como si hubiera estado por mucho tiempo en un congelador a cuarenta grados bajo cero. Agarró una camisa que estaba tirada junto a su cama y la utilizó para tomar la manija. Abrió la puerta y caminó sobre el pasillo que daba al cuarto de Miguelito. Avanzó de puntillas mientras el llanto y los amargos recuerdos seguían martillándole los oídos.

El ruido provenía exactamente del lugar donde dormía Miguelito, el cuarto que había sido sellado mucho tiempo atrás. Puso sus manos y su oído contra la pared que tapaba lo que una vez fue una puerta y no pudo evitar sollozar apretando sus ojos fuertemente mientras el llanto infantil continuaba. No pudo más. Tenía que averiguar la causa de ese gimoteo tan desgarrador. Fue corriendo a la bodega y buscó un mazo entre sus herramientas. Corrió de vuelta a la casa y, con un estruendoso golpe, empezó a martillar sobre la pared.

Su mujer se despertó inmediatamente y corrió para ver lo que sucedía. Le dijo que se calmara, que debía de ser una pesadilla, pero don Diego estaba como un loco y siguió golpeando con el mazo hasta tirar la pared por completo. La antigua puerta se reabrió y, ante ellos, apareció lo esperado: la nada. La habitación estaba vacía, llena de polvo por el paso del tiempo. En las esquinas, las arañas habían construido sus casas, y desde el techo varios ciempiés serpenteaban buscando alimento.

Exhausto, don Diego se puso en cuclillas, apoyándose en el mazo mientras el sudor de su frente pintaba diez puntos sobre la empolvada cerámica. Su esposa lo consoló y le dijo que era algo comprensible. Habían perdido a su tesoro más preciado y ahora tendrían que llevar esa pena por siempre. La esposa de don Diego nunca había dudado de la fidelidad de su marido, pero, recordando las palabras de Alicia sobre el cadalso, ese día trágico decidió curarse en salud. «¿Vos tuviste algo con Alicia, Diego?», le preguntó sin rodeos. La cara de don Diego enrojeció de cólera. «¿Cómo me preguntás eso? ¿Es que sos pendeja, vos? ¿Cómo se te ocurre? ¿No ves que era una loca, esa?», le dijo con violencia, disipando las dudas de su esposa.

El llanto no volvió a escucharse a partir de ese día. Con el paso del tiempo, sin embargo, el recuerdo de Miguelito se hizo más fuerte. Sus padres pusieron una foto suya en la sala para recordarlo cada vez que entraran a la casa. En la foto aparecía con su traje azul de marinerito y sus manos levantadas con júbilo. No se parecía nada al niño que pusieron en el lujoso ataúd el día de su muerte. Don Diego volvió a sellar el cuarto, pero, antes de hacerlo, lo limpió completamente, como si deseara que su hijo, o al menos su recuerdo, retornara a un ambiente agradable.

Pasó un año y don Diego trataba de llevar una vida normal con su mujer, en la medida de lo posible. Le gustaba pensar que había sido un buen padre para su hijo, preocupado siempre por su comida y por sus medicinas, pendiente de ropa y de su aseo. Y así, tratando de olvidar, la vida se hizo más llevadera para él y su esposa.

Un día, don Diego le preguntó a su mujer si le gustaría que adoptaran un bebé. Ella ya no podía tener hijos, pues las complicaciones del embarazo de Miguelito la habían dejado sin posibilidades. Su esposa aceptó, pues pensó que podría ser una bendición que les ayudaría a reanudar sus vidas, a volver a ser normales, a olvidar.

Al día siguiente, fueron al albergue del Ministerio de la Familia. Después de hablar con un funcionario, este los condujo a un gran cuarto repleto de cunas. Decenas de llantos infantiles inundaban el lugar y su estruendosa sinfonía hizo que, recordando las penas pasadas, las piernas de don Diego temblaran. Su mujer lo tomó fuertemente del brazo y caminaron junto al funcionario hasta llegar a la primera hilera de cunas. Vieron a muchos bebés, pero no se decidían por ninguno. Unos eran gorditos y murruquitos, y otros ojones y rubios.

Así, llegaron a la tercera hilera. Ahí, en la segunda cuna de la izquierda, vieron a una niña preciosa. Era una recién nacida con el pelito negro, grandes cachetes y unos ojos oscuros. Don Diego miró a su mujer y ella le dijo: «¿Por qué? Es una niña». «¿Por qué no?», respondió él mientras la cargaba por primera vez. El funcionario les explicó que esa niña había nacido en Bluefields y que tenía como tres días de estar en el albergue. Después de llenar algunos formularios, el funcionario les dijo que el proceso podría dilatarse un par de semanas, pero con los antecedentes que tenían sería un trámite fácil, pues habían demostrado tener medios para atender a la niña.

Y así fue. Después de dos semanas, don Diego recibió una llamada del Ministerio de la Familia y fue alegremente con su esposa a buscar a la niña. Decidieron llamarla Esperanza y, desde entonces, se convirtió en la luz de sus vidas. La niña creció sana y fuerte con los cuidados de sus nuevos padres. Cada día jugaban con ella, la educaban, le enseñaban a comportarse y la cuidaban como una flor preciosa en un jardín de ensueño.

Pasaron dos años y Esperanza empezó a decir sus primeras palabras: mamá; papá; miau, miau; guau, guau. Cada vez que hablaba, sus padres la miraban orgullosos, sonriendo con cada palabrita. De más está decir que don Diego perdió la cabeza por su hija. No podía concebir el mundo sin ella, esa preciosidad que había llegado a sus vidas para quedarse, para acompañarlos y consolarlos para siempre. Se forjó, literalmente, muchas esperanzas con Esperanza. La soñaba convirtiéndose en una gran administradora de empresas o en una política exitosa. La soñaba casándose con un príncipe azul en una fiesta de ensueño.

Ah, ¡cómo llegó a quererla! Tanto que un día quitó de la sala la foto de Miguelito. Y su mujer lo aceptó, como si aceptara el efecto de reemplazo que Esperanza había provocado. El cuarto del niño permaneció sellado para siempre y fue consumido por el polvo, por las polillas y por las sombras del olvido, las más tenebrosas que existen, pues no existimos donde estamos sino donde nos recuerdan.

Los negocios de don Diego prosperaron y su vida familiar se convirtió en lo que él siempre quiso: una vida tranquila, sin sobresaltos, una vida en la zona de confort. Compró una finca en el norte del país y la llamó Santa Esperanza, como su hija. La colmó de pinares y cafetales y la convirtió en un paraíso de descanso, un lugar donde el verdor de la esperanza se mezclaba con el marrón de la tierra y la transparencia del arroyo. Iba con su familia todos los fines de semana. Aprovechaban para caminar durante largas horas por los improvisados senderos, nutriéndose de las fragancias del campo, soñando con las bendiciones del futuro y riéndose de las penas del pasado. El recuerdo de Miguelito no aparecía por ninguna parte, ni en los hijos de los cuidadores de la hacienda, ni en los infantiles cortadores de café que se topaban en sus largas caminatas campestres. Miguelito había desaparecido de sus almas, de sus vidas y de sus recuerdos. Esperanza había llegado para quedarse.

Un sábado, la esposa de don Diego tuvo que visitar a sus padres y no pudo acompañarlos a la finca. Para no perder la tradición establecida, don Diego viajó solo con su hija. Dejaron las maletas en la casa-hacienda y tomaron el sendero que llevaba a la cima de una colina, desde la que se podía ver el volcán San Cristóbal, en la zona pacífica del país. Don Diego caminaba de la mano con Esperanza mientras ascendía por la suave pendiente y, al hacerlo, le enseñaba el colorido de los pájaros y el azul del cielo, un cielo precioso y despejado que los bendecía con su grandeza y con su tranquilidad.

Mientras caminaba con ella volvió a soñar despierto, viéndola como una gran señora, como una líder que sería recordada por mucho tiempo, una mujer que se perpetuaría en la memoria de sus súbditos. Llegaron a la cima de la colina y don Diego señaló el volcán con su dedo. «Mirá, Esperancita, ese es el volcán San Cristóbal. ¿Verdad que es lindo?», le preguntó. «Sí, papito», respondió ella. «Y allá está el mar, amorcito. ¿Verdad que es lindo también?», continuó. «Sí, papito», volvió a responder ella. «¿Te acordás cuando vinimos con tu mamita la semana pasada y vimos un parajito amarillo y aquellos zorros?», siguió. «Sí, papito, me acuerdo», dijo Esperanza mientras cambiaba de voz y sus ojos se le ponían en blanco a la vez que empezaba a levitar a cincuenta centímetros del suelo. «También me acuerdo de cuando hicimos el amor en el cuarto de Miguelito un día como hoy cuando la puta de tu esposa estaba donde su madre. Y recuerdo cómo pataleaba ese chavalo de mierda cuando lo ahogué en la tina. Se puso moradito, moradito el mocoso hijueputa. Y ahora, como prometí, estamos juntos bajo el cielo y las montañas verdes, bajo el cielo y las montañas verdes, bajo el cielo y las montañas verdes, dentro y fuera del Infierno», dijo Esperanza con una voz cavernosa, mientras tomaba del cuello a don Diego.

NATURELE

El amo Flaubert despertó y se quitó de encima el brazo de su esposa. Lo dejó caer para cerciorarse de que estuviera dormida.

Se levantó de la cama y, caminando de puntillas, llegó hasta la ventana. A la derecha, el cañaveral se extendía hasta donde daba la vista, y a la izquierda, iluminado por una enorme luna, el mar besaba la magnífica costa haitiana.

Bajó por las escaleras, tomó una lámpara de aceite, atravesó la sala y salió por la puerta principal. El viento caribeño le llenó la nariz de una mezcla de salitre y melaza.

Caminó sobre el césped hacia las barracas. Se detuvo frente a la puerta, puso la lámpara en el suelo, tomó la llave que llevaba colgada del cuello, abrió el candado y quitó la cadena. La puerta rechinó mientras se abría; se escucharon gemidos adentro.

—Naturele —susurró.

No recibió respuesta alguna.

—¡Naturele! — dijo de nuevo, con voz imperiosa.

Desde el fondo oscuro de la barraca, iluminada por la luz de la lámpara, apareció lentamente la silueta de una mujer. Iba vestida con una sucia bata de algodón que sugería la enormidad de sus caderas. Al verla, el amo Flaubert recordó lo afortunado que era. Había comprado a Naturele en el Bloque de Venta de Guadalupe cuando solo era una niña. Tuvieron que quitarle de encima a su

97

madre, quien se había aferrado a él maldiciéndolo porque se la llevaba.

—Ouvre baye pou mwen, papa! —le había dicho antes de que se la llevaran para colgarla por rebelde frente a Naturele, quien, abrazando una muñeca de trapo que su madre le había hecho, vio cómo se apagaban sus ojos.

El amo Flaubert había desflorado a Naturele a los once años y, desde entonces, la visitaba tres veces por semana cuando su esposa se dormía. La tomaba sobre el césped frente a las barracas, y Naturele, que no conocía otra cosa, recordaba a su madre mientras veía las estrellas bajo el sudoroso cuerpo de su amo, que la embestía con furia una y otra vez.

Naturele trabajaba junto a Maniwa, la esposa de uno de los capataces, dando agua a los esclavos que cortaban la caña bajo la inclemencia del sol del Caribe. Muchos habían muerto en el cañaveral por causa de la fatiga y de la explotación. Y es que el amo Flaubert no soportaba a los inútiles. No le importaba si eran niños o mujeres. Para él, eran unos simios que el destino había puesto a su servicio en aquellas bellas costas. Si no cortaban suficiente caña, hacía que ellos mismos cavaran sus tumbas antes de pedirles a sus capataces que les dispararan. Así murieron Damballa y su hijo Nanán, Kimbel y Nusanta, su esposa. Se los tragó el cañaveral frente a los juveniles ojos de Naturele cuando no pudieron cumplir con la faena.

Pasaron ocho años y el salvajismo del trabajo forzado y la violación se convirtieron en rutina. Una noche de luna, en junio de 1720, el amo Flaubert despertó y se quitó de encima el brazo de su esposa. Salió de la casa y llegó hasta la barraca para llamar a Naturele. La esclava salió, bella como una estatua de ébano tallada por un artesano ancestral. Caminó sobre el césped, se acostó, se subió la bata y abrió las piernas para que el amo la poseyera.

Esa noche, sin embargo, el amo sintió algo extraño en ella, un calor inusual entre sus piernas y una rugosidad extrema en su piel. Antes de saciar su apetito, se apartó de ella y, desconcertado, le ordenó que se retirara. La encerró de nuevo en la barraca y volvió a su casa para continuar durmiendo. El amo se quedó pensando en ella y, sin poder sacarla de su mente, deseando poseerla como fuera, se preparó para salir de nuevo. Al hacerlo, sintió cómo un peso extraño le impedía mover el brazo de su esposa. Se esforzó para liberarse y, cuando pudo hacerlo, tomó la lámpara de su mesa de noche para alumbrar el cuarto. Ahí, sobre la cama, su esposa le miraba fijamente, los ojos llenos de terror, los labios llenos de sangre y el cuello con terribles marcas y moretones.

El amo Flaubert se levantó de un salto, tomó su espada, bajó las escaleras y abrió la puerta violentamente. Cuando la abrió, se quedó inmóvil en el umbral. Frente a él, con una mancha de sangre en su entrepierna, estaba parada Naturele, sosteniendo en su mano derecha una muñeca de trapo con una cuerda amarrada en el cuello.

Al ver esto, el amo quiso atravesarla con su espada, pero una extraña fuerza lo había inmovilizado. Naturele habló suavemente recordando la plegaria de su madre.

—Ouvre baye pou mwen, papa! —dijo, sonriendo al amo y apartándose de la puerta.

Se escuchó un extraño sonido en el suelo y, después, se sintió un temblor que se extendió hasta los bordes de la plantación. Sin poder moverse, el amo Flaubert vio cómo los primeros tallos del cañaveral se apartaban, formando una trocha hacia su centro. Con horror, contempló unas siluetas que, arrastrando los pies entre las cañas, se dirigían hacia él al ritmo de las carcajadas de Naturele. Poco a poco, la luna le permitió verlos bien. Vestían harapos, tenían la piel desprendida de la cara y caminaban torpemente. Ahí estaban Damballa y su hijo Nanán, Kimbel, Nusanta y muchos más.

Llegaron hasta donde estaba el amo Flaubert, lo sujetaron y lo levantaron para llevarlo hacia la plantación. Incapaz de gritar, el amo vio a sus capataces en el suelo con las gargantas abiertas y los ojos perdidos. Lo llevaron por la trocha hacia el centro del cañaveral. Solo pudo gritar cuando empezaron a comérselo, y sus gritos, que rompieron el silencio de aquella noche de luna, sirvieron de entretenimiento a Naturele, quien, sentada en una mecedora en el pórtico, contemplaba la grandeza de sus nuevos dominios.

AMIGO

—Ya, Albertito. Cálmate y deja de llorar. Ya sé que no fue tu culpa.

—Es que estoy triste por Manuel. Es mi amigo y le tiene miedo a la oscuridad —dijo Albertito entre sollozos.

—Manuel no existe, Albertito. Es un amigo imaginario, ¡no existe! Te va a oír ¡Deja de llorar!

—Pero hablo con él ¡Sí existe y está solo!

—En tu imaginación, Albertito. Preocúpate por mí. Te va a oír si sigues llorando. Ve al cuarto de mamá. En la mesita de noche está una cruz ¡Tráela!

—Manuel existe de verdad. No es mi imaginación. Fue él quien me enseñó el juego —dijo Albertito, temblando.

—¿Por qué tiemblas? Haz lo que digo ¡Ve al cuarto de mamá y trae esa cruz ahora!

— Escuché algo ahí. Manuel está solo en la oscuridad. Debe tener mucho miedo y es tarde... —dijo Albertito, tapándose los ojos.

—No, Albertito. Es tarde para mí, ¡corre! —gritó con resignación el joven enjaulado dentro del espejo mientras la risa de la bruja llenaba la habitación.

Danilo Rayo

SOBRE EL AUTOR

Nació en Estelí, Nicaragua, en 1978. Inició sus pasos en la literatura escribiendo poemas influenciados por las obras de Darío, Pope, Blake y Byron. En el año 2015 empezó a escribir cuentos cortos basados en las leyendas de Estelí y de Nicaragua. En el año 2017 participó en un taller de narrativa contemporánea, en el que aprendió esenciales técnicas narrativas, desde la fuerza de los inicios y la diversidad y dinámica de los tipos de narradores hasta la versatilidad de los estilos de escritores como Hemmingway, King, Poe, Rulfo, Cortázar, Daniel Pulido, Lizandro Chávez Alfaro, Roberto Berríos, Maynor Cruz y Sergio Ramírez.

Con las técnicas aprendidas creó el blog Cuentos de las sombras, espacio en el que publica escritos sobre sus temas predilectos: el terror fantástico y la ciencia ficción. Ha explorado el cuento corto, la novela y el ensayo. Es miembro fundador de la revista Spatium, una publicación sobre ciencia ficción. Su cuento "Latidos" fue publicado en la revista literaria Des Honoris Causa.

En sus escritos, Danilo explora las sombras que residen en cada rincón, transita por la delgada línea entre el amor y el miedo, propone posibilidades y trata de tocar fibras sensibles al escribir sobre temas tabú.

Vive con su esposa y sus dos hijos en Estelí, Nicaragua. Escribe todos los días y aprovecha los viajes por diversos continentes para inspirarse en las tradiciones de otras culturas y pueblos. Actualmente trabaja como consultor internacional.

Printed in Poland
by Amazon Fulfillment
Poland Sp. z o.o., Wrocław

54838172R00063